György Dalos

Der Gottsucher

Eine Geschichte

Aus dem Ungarischen übertragen von
György Dalos und Elsbeth Zylla

Insel Verlag

Ich bedanke mich
bei Herrn Edgar Stognienko, Kamsdorf,
für wichtige semantische Hinweise

Erste Auflage 1999

Satz: Wallstein Verlag, Göttingen
Druck: Nomos Verlagsgesellschaft, Baden-Baden
Printed in Germany

Dem Andenken meines Vaters,
Andor Deutsch (1906–1945)

ERSTER TEIL

I

In jenem Jahr fiel der erste September auf einen Dienstag. Der offizielle Schuljahresbeginn sollte vormittags um elf Uhr zelebriert werden, aber die Mitglieder des Chors und des Schulorchesters wurden bereits zu halb zehn in den Kultursaal bestellt, um noch einmal den Siegesmarsch aus dem Oratorium *Judas Makkabäus* von Händel sowie das Lied *Moskauer Nächte* von Solowjew-Sedoj zu proben. Dr. Rezsö Paulik, der Gesanglehrer, wollte offenbar sein Bestes zeigen. Sein Eifer richtete sich auf István Ludasi, der per Dekret des Stellvertretenden Ministers für Bildung der Volksrepublik Ungarn zum Direktor des Gymnasiums ›Benedek Virág‹ ernannt worden war, beginnend mit dem Schuljahr 1959/60.

Der Ankunft von Ludasi ging sein Ruf voraus: Er sei ein fanatischer Kommunist, aber ein guter Organisator und fähiger Pädagoge, und er sei gekommen, um die Schule auf die richtige Linie zu bringen. Das humanistische Knabengymnasium ›Benedek Virág‹ galt als eine Institution mit Edelrost. Vor dem Krieg hatte die »historische christliche Mittelschicht«, wie diese Leute damals genannt wurden, ihre Kinder auf diese Schule geschickt. Die meisten der dort tätigen Lehrkräfte hatten ihr Diplom noch unter dem alten Regime erworben. Wichtigste Unterrichtsfächer waren Mathematik, eine weltanschaulich neutrale Disziplin, und Latein, eine Sprache, deren elitäres Renommee in keiner Weise mit den Bedürfnissen der sozialistischen Bewußtseinsgestaltung in Einklang gebracht werden konnte.

Somit hatte das Knabengymnasium in den Kreisen des Schulwesens den Ruf der Rückständigkeit, wenn man es nicht gleich »reaktionär« nannte, und der Namenspatron Benedek Virág, ein katholischer Priesterdichter aus dem vorigen Jahrhundert, verhalf der Einrichtung gar zum Ruch des Klerikalismus. Zwar hatte sich mittlerweile die klassenmäßige Zusammensetzung der lernenden Jugend verändert, aber doch nur insofern, als die Klassenzimmer statt von den Sprößlingen der Vorkriegs-Gentry nunmehr von den Kindern des Kleinbürgertums aus der Theresien- und Elisabethstadt bevölkert, ja regelrecht überrannt wurden.

Tatsächlich wuchs die Schülerzahl in unvorstellbarem Ausmaß. Die durchschnittliche Klassengröße des Knabengymnasiums lag im Schuljahr 1959/60 bei fünfundvierzig Schülern, und in jedem Jahr gab es mindestens fünf Schulklassen mit Neuzugängen. Diese große Meute war kaum zusammenzuhalten. Die Energien der Lehrer wurden größtenteils durch disziplinarische Maßnahmen gegenüber den Schülern oder durch die Verhinderung wenigstens der auffälligsten Ordnungswidrigkeiten gebunden. Es gab Kollegen, die auf die tägliche Anwesenheitskontrolle verzichteten und das Schuleschwänzen stillschweigend tolerierten, weil sie einfach froh waren, daß in ihren Unterrichtsstunden weniger Schüler die Luft verbrauchten. Die öffentlichen Schulfeiern arteten regelmäßig zu beinahe unkontrollierbaren Tumulten aus. Der Kommunistische Jugendverband war zahlenmäßig schwach und außerdem uneffektiv. Also: Der neue Direktor mußte geradezu ein Herakles sein, um diesen Augiasstall ausmisten zu können.

Der Gesanglehrer Dr. Rezsö Paulik hatte Angst vor seinem künftigen Vorgesetzten Ludasi, weil er sich grundsätzlich vor jedem Kommunisten fürchtete. Gleichzeitig setzte er darauf, daß neue Besen besser kehren. Vielleicht würde der neue Direktor Pauliks Fähigkeiten anders einschätzen als der Vorgänger, und vielleicht durfte Paulik dann wieder seine ursprünglichen Fächer unterrichten, Geschichte und ungarische Literatur, was ihm wegen politischer Unzuverlässigkeit untersagt worden war. Glücklicherweise hatte er vor dem Krieg eine mittlere musikalische Ausbildung abgeschlossen, und so hatte ihm das Ministerium für Volksbildung im Frühjahr 1957 gnädig gestattet, sich zum Aushilfsgesanglehrer fortbilden zu lassen. Damals, nach der Sitzung der Disziplinarkommission, war er froh gewesen, so günstig davongekommen zu sein, denn andere Kollegen mit dem falschen Klassenstandpunkt verschwanden einfach in den Internierungslagern Tököl oder Kistarcsa und wurden vom Lehrerberuf für immer suspendiert.

Doch jetzt ging Dr. Paulik allmählich die Luft aus. Er war entsetzlich müde von den Volks- und Revolutionsliedern, die er im Rahmen eines pädagogischen Weiterbildungskurses hatte lernen müssen. Er litt darunter, daß er den undisziplinierten Schulchor dirigieren mußte, und er fühlte sich gedemütigt durch die kaum verhüllte Verachtung der Kollegen, die sowohl seinem Unterrichtsgegenstand als auch dem Status eines Vertretungslehrers galt.

Die Feiern zu Schuljahresbeginn und -ende wurden wegen der großen Anzahl der Beteiligten meist auf dem Schulhof, bei schlechtem Wetter im Turnsaal durchgeführt. Am 1. September 1959 schien die Sonne, und Dr. Paulik beobachtete durch das Fenster des Kultursaals, wie einige Arbeiter an der Fassade des mittleren Gebäudeflügels eine rote und eine nationalfarbene Draperie befestigten. In der Mitte zwischen diesen befand sich ein blechernes Marx-Engels-Lenin-Relief, darunter, ebenfalls aus Metall, das schildförmige Wappen des Gymnasiums, versehen mit den Symbolen Bleistift und Buch – das gleiche Wappen, das auch die obligaten Schülermützen schmückte.

Veranstaltungen dieser Art liefen seit Jahren nach dem gleichen Muster ab. Die Schüler versammelten sich in den Klassenräumen, und von da aus hatten sie laut Schulordnung in geschlossener Formation, mit ihren Klassenlehrern an der Spitze, auf den Schulhof zu marschieren und dort auf das Erscheinen der Ehrengäste und des Direktors zu warten. Die Wirklichkeit sah allerdings anders aus, denn die Jungen rempelten, prügelten und beschimpften sich gegenseitig unentwegt. Sie benahmen sich wie eine Herde junger Fohlen, und die Lehrer konnten sie kaum bändigen.

Dann nahmen in den drei eigens aufgestellten Stuhlreihen vor dem Podium die Ehrengäste Platz – Vertreter des Bezirksschulamtes, des Bezirksrates sowie des Bezirkskomitees der Vaterländischen Volksfront –, und schließlich näherte sich das Haupt des Lehrkörpers dem Podium. Irgend jemand, meist der Turnlehrer Endre Kulics, kommandierte »Habt acht!«, und die Anwesenden sangen die Nationalhymne. Als erster, so schrieb es das Drehbuch vor, ergriff danach immer der Direktor das Wort, und anschließend war ein Musikwerk zu hören, »vorgetragen von Chor und Orchester unserer Schule«. Danach sprach der Sekretär der Schulorganisation des Kommunistischen Jugendverbands, und es wurde ein dem Anlaß entsprechendes Gedicht deklamiert – entweder Endre Adys *Botschaft an meine ehemalige Schule* oder vom selben Dichter das Poem *An die ungarischen Lehrer*. Schließlich wurden die Feierlichkeiten durch eine zweite musikalische Darbietung vollendet. Ganz zuletzt kommandierte der Turnlehrer über den Lautsprecher die Anwesenden klassenweise in die Unterrichtsräume ab. Der weitere Verlauf des Schultages kannte zwei Varianten: Im Juni wurden im Anschluß an die Feier die Zeugnisse ausgehändigt, im September wurde der neue Stundenplan bekanntgegeben.

Die Reden des Direktors enthielten die jeweils gerade aktuellen politischen Gemeinplätze – er verurteilte das westliche Wettrüsten, lobte die Entwicklung der ungarischen LPGs, würdigte die Verdienste des sowjetischen Raumfahrthundes Laika oder berichtete anerkennend über die neueste Friedensinitiative von Lord Bertrand Russell. Der jeweilige Leiter des Kommunistischen Jugendverbandes erinnerte an die Erfolge des ›Lagers für Erholung und Arbeit‹ im Sommer oder feierte in seiner Rede den neuen Typus des sozialistischen Verhältnisses zwischen Lehrern und Schülern. Die Veranstaltungen waren so stark von Routine geprägt, daß der amtsmüde Vorgänger des Direktors Ludasi einmal im Juni aus purer Zerstreutheit eine Rede zur Eröffnung des neuen Schuljahres hielt und dies erst nach drei Minuten bemerkte.

Der kahlköpfige Aushilfslehrer Rezsö Paulik war vor solchen Pannen gefeit, denn seine musikalischen Programmpunkte ließen sich unabhängig vom konkreten Anlaß in das jeweilige Zeremoniell gut einpassen. Diesmal hatte er vor, zwei Lieder, die sich bereits beim letzten Schuljahresabschluß bewährt hatten, zu wiederholen. Der Siegesmarsch aus *Judas Makkabäus*, der mit einem ungarischen Text fortschrittlichen Inhalts veredelt worden war, mußte nicht neu einstudiert werden, und die Schlagerschnulze der Moskauer Weltfestspiele der Jugend und Studenten 1957 war ohnehin als Ohrwurm jedem geläufig. Paulik teilte die beiden Musikwerke jeweils in ein Sopransolo und einen Chor auf. Bei den *Moskauer Nächten* ergänzte er diese Methode noch um den schlauen Kunstgriff, daß die klangvolle Knabenstimme durch das slawisch-melancholische Summen des Chors ergänzt wurde. Die erwünschte Wirkung war bisher nie ausgeblieben.

Jetzt aber, anderthalb Stunden vor Schuljahresbeginn, stellte sich heraus, daß die Stimme des bisherigen Soprans, des Schülers Ferenc Noszeda aus der Klasse III a, während der Sommerferien einen Bruch erlitten hatte, so daß der gleichzeitig baumlang gewordene Pubertierende nicht einmal die erste Zeile des Liedes ordentlich herausbrachte. Nur das nervöse Zucken seines Adamsapfels zeigte, wie gern er dieser Aufgabe entsprochen hätte.

So ließ Dr. Paulik zunächst die beiden Lieder ohne Solo vortragen. Das Resultat gefiel ihm jedoch überhaupt nicht, er empfand es als unpersönlich, trocken und seelenlos. Dann fragte er die Chormitglieder, ob jemand vielleicht Lust verspüre, für Noszeda einzuspringen. Die Antwort bestand in angespanntem Schweigen. Der Aushilfsgesanglehrer wollte sich jedoch in keinem Fall vor dem neuen Direktor blamieren. Wenn es freiwillig nicht geht, sagte er sich, dann wähle ich eben jemanden aus, der die Soloteile vortragen muß.

Sein Blick streifte die sechzig Schüler auf der Bühne des Kultursaals, und schließlich bemerkte er ganz rechts in der vorletzten Reihe einen kleinwüchsigen, dünnen, kraushaarigen Jungen mit tiefem dunkelbraunem Blick. Seine Gesichtszüge kamen Paulik fremd vor. Niemals hatte er diesen Jungen bei den Proben des Schulchors bewußt wahrgenommen, und folglich wußte er auch nicht seinen Namen. Beides war nicht besonders verwunderlich, denn der Lehrer unterrichtete in zehn Schulklassen, hatte es also mit knapp fünfhundert Schülern zu tun. Trotzdem hatte er den Eindruck, diesen Jungen schon einmal gesehen zu haben, doch als er in seinem Gedächtnis nach dem Anlaß suchte, erschien dort nur eine verschwommene Assoziation zu einem in die Falle gelockten, wild flatternden Vogel.

Paulik deutete mit dem Finger auf das Kind und fragte: »Wie heißt du, mein Junge, und in welche Klasse gehst du?« Um den Jungen herum öffneten sich die geschlossenen Reihen des Chores. Er stand allein wie im luftleeren Raum und sagte leise: »Ich bin Gábor Kolozs, Schüler der Klasse II a, Herr Lehrer.«

Ein lupenreiner Sopran, sagte Paulik zu sich. Laut sagte er:

»Na komm, mein Lieber, stell' dich vor den Souffleurkasten. Schauen wir doch mal, was du kannst.«

»Aber Herr Lehrer«, stotterte der Junge, bis über beide Ohren errötet, »das ist mir nicht erlaubt, ich bin unwürdig ...«

»Wer zu etwas würdig ist, entscheide ich«, antwortete Paulik ungeduldig. Dann ließ er gewohnheitsgemäß die Stimmgabel anklingen, hielt diese ans Ohr, winkte dem Klavierspieler und sprach dem frischgebackenen Solisten seinen Text vor: »Unsere Waffe, siegreich du ...«

»Unsere Waffe, siegreich du / dir singen wir ein Loblied zu.« Die von den Lautsprechern verstärkte klangvolle Kinderstimme von Gábor Kolozs schwebte nach der Rede des neuen Direktors glockenrein über dem Schulhof. Einzig der als Dirigent in seiner Nähe stehende Paulik konnte sehen, wie der Junge seine Befangenheit und seine aufbrechenden Gefühle bekämpfte und wie er sich allmählich darauf einließ, der eigenen Stimme zu vertrauen. Alle anderen – die in Kolonnen aufgereihten Schüler, der Lehrkörper, die Prominenz in den

Stuhlreihen vor dem Podium und selbst die Chorsänger – genossen nur den wunderschönen Gesang, dem nicht zuzuhören unmöglich war. Das sonst an der Schule immerwährende, gewohnte, mal stärkere, mal schwächere Grundgeräusch der achthundert Schüler, das durch ein gelegentliches Zischen der Lehrer eher unterstrichen als zum Verstummen gebracht wurde, hörte auf. Und als der Chor mit Inbrunst zu seinen Schlußzeilen gelangte: »Halten wir die Fahne / klingt der Siegesmarsch«, mutete das umfunktionierte Oratorium an, als hätte es schon immer diesen Text gehabt.

Eine andere Art von Wirkung löste das Lied *Moskauer Nächte* aus. Das Orchester begleitete leise und der Chor umrahmte mit dezentem Summen die Solostimme von Gábor Kolozs. Zu Beginn der dritten Strophe, in der der Moskauer Junge die Erinnerung an seine Liebe am Moskwaufer heraufbeschwört: »Ich träum von dem Abend mit dir am Fluß / wie unsagbar schön war dein Kuß / als das Lichtermeer unsrer großen Stadt / aus der Ferne geleuchtet hat«, stimmten immer mehr Schüler in das Summen des Chores ein, und bald schaukelte sich das ganze Gymnasium auf den Wellen der Sentimentalität von Solowjew-Sedoj.

In diesem zum Kollektivereignis mutierten Konzert und in dem stürmischen Applaus, der auf den Schlußakkord des Orchesters folgte, lag etwas Anrüchiges, ein gewisser Aufruhr gegenüber den offiziellen Formalitäten. Die Lehrer, die kurz zuvor noch selbst dem Gesang fasziniert gelauscht hatten, wußten nun nicht, wie sie mit den heftigen Beifallsäußerungen umgehen sollten, die kein Ende nehmen wollten, und so starrten alle auf István Ludasi. Der neue Direktor blickte eine halbe Minute lang ratlos in die tobende Menge, deren Begeisterung untypischerweise durch ein sowjetisches Lied ausgelöst worden war oder wenigstens dieses zum Vorwand genommen hatte. Nach diesem kurzen Zögern begann Ludasi ebenfalls heftig in die Hände zu klatschen, und dazu lächelte er vertrauenerweckend. Die Lehrer griffen das Signal auf, und somit konnte und mußte der Erfolg auch als Erfolg verbucht werden.

Am frühen Nachmittag, während des Pädagogischen Rates im Lehrerzimmer, ranzte László Feith, Klassenlehrer der II a und zuständig für die Fächer Geographie und Geschichte, den Gesanglehrer Paulik tüchtig an, weil dieser ausgerechnet dem Schüler Gábor Kolozs das Solosingen anvertraut hatte. »Du hättest wissen müssen, Kollege Paulik, daß dieser Schüler in zwei Fächern durchgefallen ist und wir ihn nur aufgrund der Nachprüfung versetzt haben. Außerdem ist Kolozs ein notorischer Schulschwänzer, und wir müssen langsam ein neues Ordnungsheft für die Eltern ausstellen, weil das erste bereits voller Tadel und Verweise ist. Du hättest unbedingt zuerst mich als den zuständigen Klassenlehrer konsultieren müssen!«

»Allein die Turnstunde hat er ein halbes Jahr lang geschwänzt«, merkte der Turnlehrer Endre Kulics ergänzend an.

»Und vergessen wir nicht«, fuhr László Feith fort, unbeeindruckt von der Zwischenbemerkung seines Kollegen aus dem Fach Leibeserziehung, »daß der Junge auch moralisch einiges zu wünschen übrigläßt.« Er wandte sich wiederum an Dr. Paulik, wollte jedoch eigentlich mit seinen Worten das unentbehrliche Einverständnis des neuen Direktors gewinnen. »Denn schlechter Lerneifer kann eine verzeihliche Sünde sein, aber ein Charakterfehler ist ganz etwas anderes. Schließlich hat Kolozs nachweislich einen Brief mit der Unterschrift seines Vaters gefälscht. Ich vermute, daß er auch schon zu früheren Zeiten die Unterschrift des Vaters fleißig nachgeahmt hat. Ihr aber«, wandte er sich spöttisch an seine Kollegen, »habt euch mit einer Rüge des Direktors und einer Letzten Verwarnung zufriedengegeben. Nun, ich wasche meine Hände in Unschuld. Der Mutter habe ich ohnehin schon gesagt, daß sie besser daran täte, dieses hoffnungslose Kind in eine Lehre zu geben. Schließlich ist es keine Schande, ein geschickter Handwerker zu sein. Oder einfach ein Arbeiter.« Die folgenden Worte waren wiederum an den neuen Direktor Ludasi gerichtet: »Letztendlich sind wir ein Arbeiterstaat, hab' ich recht?«

»Wenn ich nur wüßte, womit er sich die viele Zeit vertreibt, wenn er die Schule schwänzt!« mischte sich wieder der Turnlehrer ein. »Er treibt sich auf der Straße herum, einfach so. Aus solchen Menschen werden später dann die Halbstarken.«

»Ein Halbstarker wird nie aus ihm werden«, sagte Genrietta Wassiljewna, die Russischlehrerin. »Bei mir zum Beispiel lernt er ganz gut.«

»Hat er bei dir etwa eine Eins plus geschafft?« spöttelte der Klassenlehrer. »Wir wissen ja, wie weichherzig du bist. Ich bin aber nicht so. Mir macht er nur den Klassendurchschnitt kaputt.«

»Ich verbitte mir!« Die Russischlehrerin sprang auf. Sie sprach leise und sanft mit weichem russischen Akzent. »Ich bin nicht weichherzig. Kolozs hat Ausreichend bei mir. Ein verdientes Ausreichend. Er versteht nicht Gjenitiv, aber er weiß, wer ist Puschkin. Und er wird auch lernen können Gjenitiv.«

»Sicher ist nur, daß dieser Kolozs in unserem Gymnasium nicht warm wird«, sagte plötzlich Árpád Illés, der Stellvertretende Direktor, Mathematik und Physik. »Und das sage ich nicht nur, weil er in einem meiner Fächer durchgefallen ist.« Er maß Paulik mit einem strengen Seitenblick. »Einen derart problematischen Schüler hätte ich nicht einmal als Chormitglied für einen öffentlichen Auftritt akzeptiert. Aber daß er in Anwesenheit von achthundert Schülern und vor den Vertretern des Bezirksrats ein Solo singen darf – das betrachte ich als pädagogischen Fehler. Mehr noch: In diesem Fall würde ich es sogar einen politischen Fehler nennen!«

»Dieser Schüler ist der Schandfleck unserer Schule!« krähte der Turnlehrer Kulics zustimmend.

»Aber bitte, liebe Kollegen, ich kannte diesen Schüler doch gar nicht!« brachte Paulik hervor. Er hatte bereits zutiefst bereut, diesem mickrigen Zögling heute vormittag seine Aufmerksamkeit geschenkt zu haben. Er befürchtete, die anderen würden nun aus diesem Solo eine handfeste Affäre zimmern, und es würde ihnen gelingen, auch Ludasi auf ihre Seite zu ziehen. Dieser hatte bis jetzt mit unbewegtem Gesicht am Kopfende des Tisches gesessen und zugehört.

»Ich befand mich in einer Zwickmühle«, fuhr Dr. Paulik fort und richtete seine Worte nun direkt an den Direktor. »Mein

Sopran war plötzlich im Stimmbruch, das ist in den Ferien passiert. Ich mußte also dringend Ersatz beschaffen. Außerdem mußte der neue ein Sopran sein, der imstande war, die Nummer in zehn Minuten einzustudieren. Ich habe diesen Jungen aufs Geratewohl ausgewählt und damit riesiges Glück gehabt. Er hat das Solo nach zwei Proben mit Klavierbegleitung einwandfrei gesungen.« Im selben Augenblick sah er das knabenhafte Gesicht von Gábor Kolozs vor sich, und die unklare Gedankenverbindung von dem gefangenen, wild flatternden Vogel wurde in ihm plötzlich wieder lebendig.

Gábor Kolozs war wegen der Brieffälschungsaffäre, von der gerade die Rede gewesen war, im vergangenen Schuljahr vor die versammelte Lehrerschaft zitiert worden. Damals hatte ihn Paulik zum ersten Mal gesehen. Im Schulchor konnte er ihn ja kaum zu Gesicht bekommen haben, denn der Junge schwänzte konsequent auch die Chorproben, und dieses Versäumnis konnte er ebensowenig begründen wie alle anderen Unterlassungen, die ihm an jenem Nachmittag von den Lehrern vorgehalten wurden. Und Paulik war es für den Bruchteil einer Sekunde, als sei er selbst dieser kleinwüchsige Junge mit der Kinderstimme und den erstaunlich erwachsenen Augen. Ganz ähnlich hatte er sich gefühlt, als er im Februar 1957 vor dem Disziplinarausschuß des Bildungsministeriums stand. Er sah sich selbst, wie er verzweifelt um sich geschlagen hatte, und er spürte aufs neue das Gefühl des Ausgeliefertseins – ein Empfinden, von dem er nicht behaupten konnte, es habe sich durch seine Berufung zum stellvertretenden Gesanglehrer endgültig erledigt.

Kolozs hatte übrigens neben Genrietta Wassiljewna in diesem Streit noch weitere Fürsprecher. Die Lehrerin Agnes Tóth, ein ältliches lispelndes Fräulein von hagerer Gestalt mit dicken Brillengläsern, die in der Klasse II a Chemie und Biologie lehrte, meldete sich ebenfalls zu Wort: »Ich bitte die Kollegen, diese Fälschungsaffäre abzuschließen. Der Schüler hat in Anwesenheit der gesamten Lehrerschaft versprochen, derartiges nie mehr zu tun. Wir sollten ihm zunächst Glauben schenken.

Ich sage das ganz unvoreingenommen. Schließlich habe ich ihn ja in Chemie durchfallen lassen. Und auch für mein anderes Fach, für die Biologie, hat Kolozs keine Begeisterung gezeigt. Ich sage ganz ehrlich, ich habe ihn bei der Nachprüfung nur aus Gnade durchkommen lassen.«

»Das war ein Fehler von Ihnen!« knurrte László Feith. »Begnadigen sollte der Richter, nicht der Pädagoge. Es spricht nichts dafür, daß Kolozs diesen Vorschuß an Vertrauen verdient hätte.«

»Eben!« stieß der Turnlehrer Endre Kulics begeistert nach. »Die Katze läßt das Mausen nicht!«

»Es ist eine Tatsache, daß er bereits jetzt den Klassendurchschnitt der II a belastet«, versuchte Feith die verurteilenden Meinungen zusammenzufassen.

Dann erhob sich der Lateinlehrer Gaál.

»Verehrte Kollegen«, sagte er mit seiner sonoren Baßstimme, »ich fühle mich nicht berufen, die Leistungen des Schülers Gábor Kolozs insgesamt zu bewerten. Notabene hat er in meiner Disziplin ein solides Ausreichend, und obwohl er besser ist, bekommt er sein Befriedigend erst dann, wenn er nicht nur im Memorieren, sondern auch in der Konjugation und Deklination bessere Erfolge erzielt.«

»Die ist aber sehr wichtig, die Konjugation und die Deklination!« versuchte der Turnlehrer Kulics zu scherzen.

»Sie ist äußerst wichtig, verehrter Kollege«, antwortete der Lateinlehrer ohne die geringste Ironie, »nicht weniger wichtig als bei Ihnen das Seilklimmen oder Barrenturnen. Wenn mich mein Judizium«, er warf einen scharfen Blick in Kulics' Richtung, »wenn mich meine Urteilskraft nicht im Stich läßt, verfügt dieser Junge über versteckte geistige Energien. Er kann alles lernen, was er will und nichts, was er nicht will. Das heißt, der Kerl ist faul, und sein Charakter ist ungeschliffen. Aber wie er zum Beispiel Ciceros Rede wiedergibt – das kann keine Eminenz besser machen.«

»Und die *Moskauer Nächte* auch«, sagte Genrietta Wassiljewna versonnen, »das war etwas Wun-djer-schjones ...«

Dr. Paulik fühlte sich angesichts dieser Meinungsvielfalt erleichtert. Allerdings wurden die Argumente gegen Kolozs, den Turnlehrer ausgenommen, von Mitgliedern des Lehrkörpers vertreten, die besonderes Ansehen genossen. Wenn der Stellvertretende Direktor Illés oder der Klassenlehrer des Jungen etwas sagte, so war dies von größerer Bedeutung als die Meinung der als launisch geltenden Lehrerin Tóth, des stillschweigend als Reaktionär abgestempelten Lateinlehrers Gaál oder der von allen belächelten Genrietta Wassiljewna. Es ist egal, dachte sich Paulik, dieser Streit wird ohnehin vom neuen Direktor entschieden. Und tatsächlich: Alle Augen an dem langen Tisch im Lehrerzimmer richteten sich nun auf diesen.

Direktor Ludasi mischte sich jedoch in die Diskussion nicht ein. Hinter den Argumenten für und gegen Gábor Kolozs erahnte er zu Recht die angestammten Kontroversen innerhalb der Lehrerschaft, die nach immergleichen Mustern variiert wurden. Er hütete sich davor, zu diesen Gegensätzen verfrüht Stellung zu beziehen. Nachdem er alle Meinungen aufmerksam angehört hatte, bemerkte er fast beiläufig: »Ich werde langsam ganz neugierig auf diesen singenden Schandfleck.« Dann erbat er den Schülerbogen, das Protokoll des Disziplinarverfahrens vom Mai und alle Klassenarbeiten von Gábor Kolozs und zog sich mit der dicken Mappe in das Direktorzimmer zurück.

Aus dem Schülerbogen ging hervor, daß Gábor Kolozs aus einer sogenannten sozialen Problemfamilie stammte. Seine Mutter arbeitete als Näherin in einer Handwerksgenossenschaft, und der Vater war als Liftbediener in einem Warenhaus tätig, obwohl er über einen Doktortitel verfügte. Sie wohnten zu dritt in einer Einraumwohnung in der Klauzál-Straße. Dieser Umstand allein hätte schon einen Elternbesuch und eine Kollektivbeurteilung erforderlich gemacht, aber offensichtlich hatte der Kollege Feith bisher keine Zeit dafür erübrigen können.

Gábor Kolozs hatte die Hauptschule in der Hegedü-Straße mit gutem Erfolg beendet und war von dort zum Gymnasium ›Benedek Virág‹ gekommen, und zwar in eine Klasse mit spezieller sprachlicher Ausrichtung – Russisch und Latein. Im ersten Halbjahr entwickelte er eine starke außerschulische Aktivität – er war gleichzeitig im Fechtclub und im Fachzirkel Holzverarbeitung tätig, und außerdem ließ er sich bei der Tanzschule Gaubek & Planck einschreiben. Des weiteren hieß es über ihn: »Innerhalb des Klassenkollektivs benimmt er sich diszipliniert, er hat eine eher zurückgezogene Natur. Die schulmedizinische Untersuchung hat bei ihm Plattfüßigkeit, Vitaminmangel sowie in der Lunge stark verkalkte Kavernen als Ergebnis einer frühkindlichen Tuberkulose konstatiert. Die Zähne befinden sich in leidlichem Zustand.«

Wahrscheinlich, dachte Ludasi, hängt die stufenweise, aber nun dramatisch fortschreitende Verschlechterung der schulischen Leistungen mit der Überbelastung zusammen, die der Schüler freiwillig auf sich genommen hat. Kein unbekanntes Phänomen in der Pädagogik: Der Jugendliche kommt auf eine weiterführende Schule, fühlt sich plötzlich erwachsen, will alle neuen Möglichkeiten auf einmal in Besitz nehmen und verliert dabei jegliches Maß. Ergebnis ist die Vernachlässigung des Lernens, und es kommt zu gelegentlichem und dann zu regelmäßigem Schuleschwänzen. Dies kann auch bei Gábor Kolozs kaum anders verlaufen sein. Die Urkundenfälschung jedoch, selbst wenn sie sich im wesentlichen auf eine ziemlich plumpe Nachahmung der väterlichen Unterschrift beschränkt, geht weit über diesen banalen Tatbestand hinaus und weist auf eine Krise des gesamten moralischen Wertesystems hin. So handeln schwache und defizitäre Persönlichkeiten, wenn sie sich mit den Folgen ihrer Handlungen oder Versäumnisse konfrontiert sehen.

Allerdings, so grübelte der Direktor Ludasi weiter, über die Unterlagen gebeugt, hat dieser Gábor Kolozs mit seinem heutigen Auftritt eine überdurchschnittliche Leistung geboten. Ob er möglicherweise musikalisch talentiert ist, sei dahingestellt.

Das können nur fachlich versierte Menschen beurteilen. Auch kann sich dieser Sopran, so schön er klingt, von einem Tag zum anderen in Nichts verwandeln, und zwar so, daß die neue erwachsene Singstimme sich nur noch für private Anlässe eignet. Die eigentliche Fähigkeit des Jungen liegt vielmehr darin, daß er imstande gewesen ist, vom Podium aus die Aufmerksamkeit von ungefähr achthundert Personen, größtenteils unkonzentrierter Jugendlicher, an sich zu binden.

Während er Gábor Kolozs vor sich sah, wie er auf dem provisorisch zusammengebastelten Podium gestanden hatte, ahnte Ludasi plötzlich, daß die Kraft dieses Jungen nicht aus der Kehle kam, sondern in den Augen lag – ganz als wäre die wundervolle Stimme nur ein Mittel, um die Aufmerksamkeit der Hörerschaft auf diese ungewöhnlichen, mit erlebter Traurigkeit erfüllten Augen zu lenken.

Wie wenig wissen wir voneinander, grübelte Ludasi weiter. Wir leben in einer kollektivistischen Gesellschaft und haben keine Ahnung davon, auf welche Weise Gefühle, Leidenschaft oder Schmerz eine Seele erfüllen. Wir sammeln Kaderakten kiloweise, wir lullen uns in der Illusion ein, daß jeder Mensch ein offenes Buch ist. Dann kommt plötzlich so ein Oktober 1956, und ausgerechnet diejenigen, die wir am meisten gehätschelt hatten, erweisen sich als Verräter oder auch als Feiglinge. Gleichzeitig lassen wir Stimmen, die nach uns rufen, an uns vorbeirauschen. Wir teilen symbolisch oder faktisch Verwarnungen und Rügen aus, wo ein menschliches Wort wahrscheinlich ausreichen würde. Wir schrecken Menschen oft nur deshalb ab, weil sie nicht in allem unserem abstrakten ideologischen Normmaß entsprechen.

István Ludasi dachte häufig in der ersten Person Plural. Seit dem Augenblick der Befreiung zählte er sich zur Gemeinschaft der Kommunisten und war ein treues Mitglied der Partei, die von Ära zu Ära immer wieder ihren Namen, ihre Leitung und teilweise sogar die Zahl ihrer Mitglieder änderte, bei alledem jedoch mit sich selbst weitgehend identisch blieb, was das Wesentliche anbelangt. Unter dem Personalpronomen ›wir‹

verstand Ludasi jedoch nie die aktuellen Parteibuchbesitzer, sonder eher ein spirituelles Gemeinwesen, das die Gesellschaft veränderte und gleichzeitig sich selbst ständig weiterentwikkelte, kultivierte und verfeinerte. Aus dieser idealiter vermuteten Elite hätte er am liebsten alle gesichtlosen, entwicklungsunfähigen, gefühlsarmen Kader ausgesperrt und gleichzeitig Tür und Tor für jüngere Leute geöffnet, die vielleicht, was die Weltanschauung betraf, noch Wirrköpfe waren, aber eine eindeutige Absicht zur Veränderung und vor allem frische geistige Energien zu bieten hatten.

Seinerzeit hatte Ludasi den Sondereinheiten des Ministeriums des Innern gedient und sich nach der Konterrevolution an der Wiederherstellung der Ordnung beteiligt. Später wurde er Mitglied eines Sonderausschusses, dessen Aufgabe es war, das Schulwesen von feindseligen Elementen zu befreien. Bis heute hatte er nicht den geringsten Zweifel daran, daß die harten Maßnahmen zu jener Zeit notwendig gewesen waren. Über bestimmte Fragen, so zum Beispiel der, wem die Macht in diesem Lande gebührte oder welche Weltanschauung in den Schulen gelehrt werden sollte, konnte es nach Ludasis Ansicht keine Diskussion geben. Terror jedoch, so seine ehrliche Auffassung, war und blieb immer eine unvollkommene und zweischneidige Waffe, die sich zudem in krassem Widerspruch zu der im Grunde humanistischen Natur des Sozialismus befand. Es müsse vielmehr um Überzeugung, um Bildung und Erziehung gehen. Als István Ludasi zu Beginn seines dritten Lebensjahrzehnts, nicht ganz unabhängig von seinen Verdiensten in den Sondereinheiten des Innenministeriums, zum Gymnasialdirektor ernannt worden war, hoffte er darauf, sich im Sinne einer überzeugenden weltanschaulichen Erziehung glänzend bewähren zu können.

Die Menschen sind formbar, dachte er, vor allem die Jugendlichen, die von der Ideologie des alten Regimes nicht mehr unmittelbar infiziert werden konnten. Man muß ihnen Vorbilder präsentieren, neue Maßstäbe setzen und sie geduldig aber konsequent zur Verantwortung erziehen. Wie sagte Anton

Semjonowitsch Makarenko? »Ich respektiere dich, und daher verlange ich von dir einiges.« Ob es uns gefällt oder nicht, wir müssen von der olympischen Höhe herunter, auf der der Pädagoge alten Typs thronte. Der moderne kommunistische Erzieher muß mit den Jugendlichen Fußball spielen, Musik hören, singen, Ausflüge machen, lachen, ohne Aufdringlichkeit ihr Vertrauen erwerben, sie als gleichrangige Partner behandeln und vor allem an sie glauben. Hier können wir von den sonst zu Recht beschimpften Pfadfindern einiges lernen.

Der Tag ging langsam zu Ende. István Ludasi betrat müde, aber gut gelaunt seine Dienstwohnung im linken Flügel des Gymnasiums. Drinnen war die frische Farbe noch zu riechen. Ludasi und seine Frau hatten die Wohnung erst vor wenigen Tagen in Besitz genommen, weil Ludasis Vorgänger bis Ende Juli darin gewohnt hatte. Alle Möbel standen jedoch bereits am richtigen Platz, und Ibolyka hantierte eifrig am Herd. Sie kochte an diesem Abend das Lieblingsgericht ihres Mannes, gepfeffertes Schmorfleisch.

Nach dem Abendessen schlürften sie noch ein Schlückchen billigen Kövidinka-Wein, und Ludasi erzählte von den Ereignissen des ersten Schultags, vor allem aber von der sonderbaren kathartischen Wirkung der beiden Musikstücke durch das Solo des Jungen. Dann berichtete er von der heftigen Auseinandersetzung der Lehrer über diese Angelegenheit. »Das allein zeigt doch schon«, sagte er zu seiner Frau, »daß es sich bei diesem Jungen und seinen Fähigkeiten keineswegs um ein beliebiges Phänomen handelt.«

Gegen zehn Uhr machte Ibolyka das Doppelbett fertig. Sie legten sich hin, die Frau löschte das Licht und hörte, bereits im Halbschlaf, wie ihr Pista noch mit einem Satz auf das Hauptthema des Tages und des Abends zurückkam: »Du, Ibolyka … Ich glaube, ich könnte aus diesem kleinen Kolozs einen guten Schüler schnitzen.« Dann fügte er gähnend hinzu: »Und einen Jungkommunisten ersten Ranges.«

2

Der Henkelmann bestand aus drei aufeinander stapelbaren Aluminiumgefäßen, einem Deckel und einem schwarzen Rahmen, der das Ganze zusammenhielt. Knapp unter dem Rand des obersten Gefäßes waren zwei senkrechte Laschen angeschweißt, durch welche die drei übereinandergestellten Gefäße mittels einer kleinen Stange am Rahmen befestigt werden konnten. Oben am Rahmen war unterhalb des Henkels noch ein weiteres drehbares Gestell angeschraubt. Wenn der Deckel auf dem obersten Gefäß geschlossen war und dieses kleine Gestell nach unten gedreht und auf den Deckel geschoben wurde, dann hielt das Gebilde gut zusammen.

Doch selbst in völlig neuem Zustand war diese Konstruktion niemals dicht, weil es keine Dichtungsringe gab. Das spielte vor allem bei dem untersten Gefäß eine Rolle, weil dieses für die Suppe vorgesehen war. Jedesmal, wenn die hundertzwanzig Kilogramm schwere Köchin der zur Jüdischen Gemeinde gehörenden Armenküche die Portion zu großzügig bemaß, und das tat sie in ihrer beleibten Gutmütigkeit fast immer, dann schwappte die warme Flüssigkeit bei jeder noch so geringen Bewegung über.

Dieses Produkt der ungarischen Aluminiumindustrie, welche übrigens im Geographielehrbuch als besonders fortschrittlich gerühmt wurde, verfügte noch über einige weitere, mit der Zeit proportional wachsende Mängel. Überall da, wo sich Schweißnähte oder Schrauben befanden, sickerte unter dem Einfluß der Wärme eine schwärzliche Brühe heraus und rann langsam aber zielstrebig in Richtung Kuchen, Kompott oder Pudding im obersten Gefäß, zu Fleisch und Gemüse im ersten Stock und vereinigte sich schließlich mit der Suppe im Erdgeschoß. Ästhetisch auffallend war außerdem das sonderbare Phänomen, daß der ursprünglich pechschwarze Rahmen immer farbloser wurde, während sich die Farbe der drei Gefäße mit der Zeit von glänzendem Silber zu Dunkelgrau gewandelt hatte.

Den gefährlicheren Fehler, der zum Überschwappen der Suppe führte, versuchte die Mutter wenn schon nicht aufzuheben, dann doch zu neutralisieren, indem sie passend zum Henkelmann eine kaum größere, sehr stabile Baumwolltasche kaufte. Diese Tasche wurde von einer durch winzige Ösen geführten Kordel zusammengehalten, und man konnte den Henkelmann daran tragen. Wenn die Suppe aus dem untersten Gefäß herausschwappte, befeuchtete sie nur die Innenseite der Tasche.

Den Henkelmann reinigte die Mutter jeden Abend sorgfältig im Spülstein, die Baumwolltasche wusch sie jedoch höchstens einmal im Monat. Vielleicht lag es an der seltenen Reinigung, vielleicht aber auch an der schlechten Qualität des Waschpulvers Marke ›Lob der Hausfrau‹ – es war eine Tatsache, daß die Baumwolltasche unauslöschlich den Geruch der so häufig aufgesogenen Suppen aus der jüdischen Armenküche in sich trug. Wenn der Druck der Kordel über der Tasche nur ein bißchen nachließ, drang aus der entstehenden Öffnung ein lauwarmer, süßsaurer Gestank wie aus einem ungepflegten Mund. In diesem Gebinde trug Gábor Kolozs an jedem Wochentag das Mittagessen für den Vater von der Síp-Straße in die Klauzál-Straße.

3

Dem Vater hatte man vor zwei Jahren eine fünfzigprozentige Arbeitsunfähigkeit bescheinigt. Praktisch bedeutete dies, daß er nunmehr für die Hälfte seines Lohns vier Stunden im Großwarenhaus arbeitete. Seine Arbeitszeit dauerte genau von acht bis zwölf Uhr. Die verbleibende Zeit verbrachte er fast ausschließlich zu Hause. Ausnahme war der regelmäßige Besuch des Gottesdienstes am Freitagabend in der Synagoge am Bethlen-Platz, und im äußersten Notfall, also bei unerträglichem Kopfschmerz, suchte er die Kreisambulanz am Madách-Platz auf. Wenn es ihm zufällig gerade einigermaßen gutging, konnte man ihn einkaufen schicken. Manchmal fegte er auch die Wohnung, aber meistens saß er nur in dem großen Fauteuil vor dem Ofen und starrte stundenlang mit leblosem Blick vor sich hin.

Vor dem Frühstück setzte er die zerknitterte Seidenkappe auf, band die Tefillin um Stirn und Oberarm, nahm den Gebetsmantel um die Schultern und ging in die Küche, um ungestört zu beten. Die Mutter war zu dieser Zeit nicht mehr zu Hause. Sie mußte bereits um acht Uhr in Obuda sein, wo sie in der Genossenschaft für Trikotagen arbeitete. Gábor Kolozs lag noch im Bett, und das hebräische Murmeln des Vaters drang zu ihm herüber.

Einen stärkeren Laut als dieses Murmeln konnte man aus dem Vater kaum noch hervorlocken. Wenn er auf Fragen überhaupt reagierte, so tat er dies in sehr knappen Sätzen. In der Regel beschränkte er sich jedoch auf einen langen Blick, in dem außer der sanften Klugheit seiner Augen so etwas wie eine Entschuldigung lag, ganz als wollte er sagen: Ich bin hier, ich lebe hier mit euch, aber mehr erwartet doch bitte nicht von mir.

Wenn Gábor Kolozs mit dem Henkelmann nach Hause kam, ging der Vater in die Küche, um die Gefäße auseinanderzunehmen und die ersten zwei Gänge auf den Gasherd zu stellen. Von dieser Aktivität war er manchmal schon so müde, daß ihm die Kraft fehlte, die Flammen des Gasherds anzuzünden. Dann setzte er die Kappe auf, murmelte das Tischgebet und aß direkt aus dem Gefäß wie aus einem Soldatengeschirr, beugte sich darüber und biß mit seinen kleinen Zähnen winzige Stückchen aus einer Scheibe Brot, die er sich zuvor abgeschnitten hatte. Die Süßspeise, die er als dritten Gang bekam, schob er meist beiseite.

Selbstverständlich war der Vater nicht immer so schlechter Laune oder, wie er selbst es nannte, depressiv gewesen. Gábor Kolozs erinnerte sich an heitere Ausflüge nach Hüvösvölgy, an Spaziergänge im Tierpark, gemeinsame Kinobesuche und vertraute Gespräche. Und daran, daß sie manchmal zusammen vor dem kleinen Volksradio gehockt und das lustige Sonnabendprogramm gehört hatten, oder auch das sonntägliche Wunschkonzert ›Von Herz zu Herz‹.

Der Vater hatte ein Lieblingslied. Es handelte von einem Arzt, konkreter von einem überarbeiteten Kreisarzt, der seinen Patienten jederzeit zur Verfügung steht und diese im Bedarfsfall sogar nachts aufsucht, um sich ihre Beschwerden anzuhören:

> Herr Doktor, Herr Doktor, es tut mir was weh,
> mein Herz ist nicht ganz in Schwung!
> Herr Doktor, Herr Doktor, mein Schmerz ist so zäh,
> so bringen Sie mir doch Linderung!
> So flehn ihn die Leidenden an:
> Herr Doktor, mein Herz hat 'nen Sprung!

Der Vater war beim Hören dieser Schnulze sichtbar von stillem Glück erfüllt. Er stützte seinen Kopf auf die rechte Handfläche und schaukelte im Rhythmus des Liedes hin und her. Seine Augen leuchteten ob dieser genialen Schilderung eines Berufsstandes, der in den Menschen immer wieder neue Hoffnungen erweckt. Die Klagen der Kranken im Lied hörte der Vater mit der Begeisterung des Wiedererkennens, und bei einigen konnte er sich sogar ein kleines Lachen nicht verkneifen. Am dankbarsten war er jedoch für den Refrain, der diesem heutzutage schlecht bezahlten und wenig geschätzten Beruf eine große moralische Genugtuung zuteil werden ließ:

> Und doch fragt nie jemand den Doktor, oje:
> Herr Doktor, tut Ihnen das Herz auch mal weh?

Gábor Kolozs wußte wohl, daß sich der Vater selbst am meisten nach dieser tröstlich gemeinten Anerkennung sehnte. Von seinem Arztdiplom, vor dem Krieg in Kaschau erworben, hatte er nur zwei Jahre lang Gebrauch machen können. Dann marschierten die ungarischen Truppen ein, und es wurden die bekannten Gesetze erlassen, die ihm die Ausübung seines Berufs untersagten. Das Jahr in Mauthausen hatte ihn zudem nicht nur unheilbar krank gemacht, sondern ihm außerdem die Fähigkeit genommen, andere Menschen zu heilen. Heute zeigte nur noch die stark abgewetzte Emailletafel mit der Aufschrift ›Dr. med. Dániel Kolozs‹, die als Erinnerungsstück an der Tür der Erdgeschoßwohnung in der Klauzál-Straße hing, daß hier jemand wohnte, der einmal als Arzt praktiziert hatte.

4

Die Mutter, als müßte sie die Stille des Vaters kompensieren, füllte die zur Verfügung stehenden 42 Quadratmeter Wohnfläche mit den unterschiedlichsten Geräuschen. Der Grundton ging von der mit den Füßen angetriebenen Singer-Nähmaschine aus, an deren schnarrendes Geräusch Vater und Sohn so gewöhnt waren, daß sie dabei ungestört schlafen konnten.

Die Mutter war grundsätzlich nicht imstande, irgend etwas zu tun, ohne Lärm zu produzieren. Das Geschirrspülen war bei ihr ein heilloses Gerassel, eine Tür wurde niemals eingeklinkt, sondern fiel immer mit großem Getöse zu, die Briketts krachten donnernd in den Eisenofen, und sogar die zum Trocknen auf die Wäschespinne gehängte frische Bettwäsche verursachte laute Töne, weil die Mutter das Gestell mit einem durchdringend quietschenden Flaschenzug unter die Zimmerdecke zog und es niemals fertigbrachte, das Gerät zu ölen.

Frau Magdolna Kolozs, geborene Glücklich, war eine breitschultrige, starkknochige Frau mit scharfgeschnittenem Gesicht, die mit einer zu ihrer Statur passenden unerschöpflichen Arbeitskraft gesegnet war. Sie schuftete von früh bis Mitternacht – tagsüber in der Obudaer Genossenschaft, anschließend zu Hause für gelegentliche Aufttraggeber an der Singer-Nähmaschine. Außerdem wusch und bügelte sie für die Familie, kochte an den Wochenenden, und wenn sie gerade keine Näharbeiten in Auftrag hatte, ging sie im frühesten Morgengrauen zum Markt auf dem Klauzál-Platz, um dort den Marktweibern beim Abladen der Ware zu helfen und so ein wenig Geld zu verdienen.

Die Mutter sprach in jedem Gemütszustand mit scharfer, schriller Stimme, und ihre Rede war gespickt mit groben Ausdrücken. Sie schimpfte laut mit unbotmäßigen Gegenständen, ob es nun Besen waren, Töpfe, Holzlöffel oder etwa ein Kamm, der in ihren Haaren steckengeblieben war. »Verreck doch, du verfluchtes Ding, du!« hörte man aus der Küche oder aus dem Badezimmer. Auf der Straße entbot sie manchmal einem entgegenkommenden Bekannten einen Guten Tag auf eine Art und Weise, als wünsche sie diesem Menschen die Pest an den Hals.

Besonders irritiert war sie von der Sprachlosigkeit des Vaters, von seiner lebensmüden Sanftheit und der mimischen Armut seines Gesichts. Er tat keine einzige Äußerung, an der sie sich hätte festhalten können. Mangels besser geeigneter Anlässe reichte deshalb häufig ein hilfloses Halblächeln von seiner Seite, um sie in einen verbitterten, endlosen und ungegliederten Monolog verfallen zu lassen: »Was grinst du wieder, du Unglücklicher, du elender alter Dummkopf, was gibt es bloß zu grinsen? Ein anderer an deiner Stelle würde ständig zum Arzt rennen oder hätte sich längst aufgehängt! Wie kann man denn so leben? Nennst du das Leben? Du bist ein Niemand, man muß dich waschen und anziehen. Dabei bist du ein Arzt, ein Doktor, *Doktor*! Mach von deiner Tür endlich diesen Doktor ab, da lachen doch die Hühner! Was für ein Doktor ist er? fragt das ganze Haus, der Hausmeister, der Hausvertrauensmann, nicht einmal sich selbst kann er heilen, kein Wort hört man von ihm, er ist ganz stumm, ein Doktor, der zum Liftbediener wurde, ein Liftbediener mit Diplom! Rauf und runter, rauf und runter, ein Arzt mit Diplom, rauf und runter, rauf und runter, aber kann nicht mal seinen Mantel zuknöpfen. Denk' ja nicht, daß ich noch bereit bin, deine beschissenen Hosen zu waschen! Ich habe genug von dir und deinen schmutzigen Füßen! Es reicht mir! Ich schufte für dich den ganzen Tag, ein anderer geht mit seiner Frau ins Kino, in die Konditorei, geht mit ihr zu einer Gesellschaft! Na, du und Gesellschaft, du hast ja niemanden, nur mich, zu meinem Pech. Ich blöde Kuh habe mein Leben ausgerechnet an dich gehängt, und auch dieser Nichtsnutz von Sohn, warum bloß habe ich den in die Welt gesetzt?«

Manchmal klangen diese Tiraden, als seien sie gar nicht an den Vater gerichtet. Sie kehrte ihm beispielsweise den Rücken und lamentierte in der Mitte des Zimmers herum, lieber jedoch vor der Küchentür, die auf den Hof hinausging, mit immer lauter werdender Stimme. Wenn die Nachbarn schließlich genug davon hatten und an die Tür oder ans Fenster klopften, »Na, Frau Kolozs, beruhigen Sie sich doch wieder!«, dann spuckte sie verächtlich aus. »Pfeilkreuzlerbande, ich kenne euch alle!« zischte sie und wurde langsam leiser.

Selten kam es vor, daß der Vater zu einem Wutausbruch selbst den Anlaß lieferte. An einem Freitagabend kehrte er aus der Synagoge mit der Nachricht zurück, die Großkopfeten in der Gemeinde hätten gesagt, jetzt müsse man die Anträge zur Wiedergutmachung bei diesen Deutschen einreichen, denn es gebe jetzt eine ungarische Staatsbank, die das Geld umtausche und den Berechtigten auszahle. Er selbst aber, vermeldete der Vater stolz, sei gemeinsam mit einigen anderen ehemaligen Häftlingen zu der Auffassung gelangt, daß sie keine Wiedergutmachung beantragen wollten, denn das Leiden könne nicht mit Geld bezahlt werden. »Wenn die Deutschen uns irgendeine Herzlichkeit erweisen wollen«, sagte er, »dann sollen sie gefälligst nicht aufrüsten und außerdem den Globke, den Oberländer und alle anderen alten Nazis ablösen.« Er sagte das mit feierlicher Stimme wie eine offizielle Deklaration, und die Festlichkeit des Augenblicks wurde durch das weiße Sabbathemd, das schwarze Jackett und den Hut unterstrichen.

»*Was* kann man nicht mit Geld bezahlen?!« schrie die Mutter auf wie ein verwundetes Tier. »Das Leiden? Wen interessiert dein Leiden? Überläßt du denen das Geld, du Knallkopf? Und ich soll schuften, den ganzen Tag, um dich und deinen schuleschwänzenden Sohn auszuhalten? Was soll das heißen, sie sollen nicht aufrüsten? Was hast du da mitzureden, ob sie aufrüsten sollen oder nicht? Was geht das dich an? Globke und Oberländer! Was kümmerst du dich um diese Schweine! Bist du Kommunist geworden, du Scheißkerl? Die machen, was sie wollen, das ist alles nicht deine Sache, deine Sache ist, daß du den Antrag stellst und dir um deine Familie Sorgen machst, wie jeder anständige Mensch. Statt dessen sitzt du herum wie ein Idiot und legst die Hände in den Schoß!«

Unter dem Eindruck dieses Gewitters grub der Vater aus der Tiefe der Kredenz seine seit Jahren dort einstaubende Underwood-Schreibmaschine und schrieb unter Anspannung seiner verbliebenen geistigen Kräfte den Antrag an die Gemeinde, versehen mit einer Fülle von Rechtschreibfehlern. Die Mutter beschimpfte ihn die ganze Zeit hindurch und wurde erst dann etwas ruhiger, als er den Briefumschlag bereits zugeklebt hatte. »Wenigstens wird uns so ein Teil unseres Schadens ersetzt«, fauchte sie abschließend.

Und obwohl die Mutter unermüdlich nähte, wusch und bügelte, obwohl sie niemals aufhörte, an den Wochenenden zu kochen, obwohl sie den Vater wusch, rasierte und ankleidete, wenn er sich vor lauter Depressionen kaum mehr rühren konnte, waren ihre unerträglichen Monologe das einzige, was Gábor Kolozs von ihr zur Kenntnis nahm. Und wenn er dazu das versöhnlich-gleichgültige Lächeln des Vaters vor sich sah, braute sich in seinem Magen eine Mischung aus Scham und Haß zusammen.

Als der Vater noch nicht völlig in seinen Depressionen gefangen war, hatte er seinem Sohn Gábor des öfteren Episoden aus seiner Vergangenheit erzählt. In diesen Geschichten erschien die Mutter als ganz anderer Mensch, mit dem heutigen gänzlich unvergleichbar. Vor allem war sie sehr schön gewesen, zumindest hatte sie dem Vater sehr gefallen, als sie, das junge Mädchen aus der Textilfabrik, plötzlich in der neu eröffneten Arztpraxis des Vaters in Kaschau erschienen war. Sie hatte einen leichten Betriebsunfall gehabt, und der Vater desinfizierte die

Wunde am Unterarm mit Jod, bedeckte das Ganze mit Verbandsmull und klebte diesen mit Leukoplast fest. Damit wäre das Ganze auch erledigt gewesen, aber er bestellte sie zur Nachuntersuchung, weil das schlanke braunäugige jüdische Arbeitermädchen ihm auf den ersten Blick gefallen hatte. Und als die Nachuntersuchung beendet war, sagte der Vater unvermittelt: »Was würden Sie sagen, Magduska, wenn ich Sie jetzt um Ihre Hand bitten würde?« Die Mutter, leicht verwundert, gab ihm ebenso spontan ihr Jawort, und wenige Monate später schworen sie sich gegenseitig trotz des verzweifelten Protestes der Eltern des Bräutigams ewige Treue, zuerst vor dem Rabbiner und dann vor dem Magistrat.

All dies klang wie die Handlung eines der Vorkriegsfilme, die neuerdings wieder in den Kinos liefen, etwa ›Das Märchenauto‹ oder ›Das Kavaliersdelikt‹, in denen arme und schöne Sekretärinnen und reiche, kluge Bankiers oder Ingenieure ineinander verliebt waren. Und tatsächlich: Zwischen der Mutter und dem Vater lag eine große soziale Kluft. Kaschau gehörte jedoch damals zur Tschechoslowakischen Republik, nach Vaters Auffassung die beste Demokratie der Welt, in der Klassen- und Standesunterschiede ebensowenig Bedeutung hatten wie die Tatsache, ob jemand Jude, Tscheche, Slowake, Ungar, Ruthene war oder gar dem Bergvolk der Huzulen angehörte.

Dem einen oder anderen Halbsatz in den aufgeregten Monologen der Mutter konnte Gábor Kolozs jedoch entnehmen, daß die Wirklichkeit der Klassenunterschiede alles andere als spannungsfrei und idyllisch gewesen war. Die Familie Kolozs samt Freundeskreis gehörte zur besseren Gesellschaft, und das Proletenmädel mit den vier Grundschuljahren paßte nicht ins Bild und wurde dementsprechend herablassend behandelt. Um sich und Magdolna nicht ständig demütigen lassen zu müssen, zog Dr. Dániel Kolozs mit seiner jungen Frau nach Budapest, wohl wissend, daß auch dort jüdische Ärzte im günstigsten Fall nur schwarz arbeiten durften, indem sie überlastete arische Ärzte bei ihrer Arbeit unterstützten. Magdolna Kolozs, geborene Glücklich, hatte dieses Problem nicht. Selbst das strengste Rassengesetz aus dem Jahre 1940 wirkte sich nicht auf den jüdischen Anteil der Hilfsarbeiterinnen in der Textilindustrie aus.

Die reiche und noble Kaschauer Kolozs-Dynastie, die sich gegen diese Ehe so vehement gesträubt hatte, war längst im Krematorium zu Asche und Rauch geworden. Die Mutter jedoch kämpfte immer noch mit ihr. Dabei waren die sozialen Schranken längst gefallen, nicht nur durch das Gleichheitsprinzip des Sozialismus, sondern durch die simple Tatsache, daß Magdolna Glücklich, was den sozialen Status betraf, diejenige blieb, die sie schon immer gewesen war, während sich Dr. Dániel Kolozs an ihrer Seite aus einem hoffnungsvollen jungen Arzt in einen hilfsbedürftigen Paria verwandelt hatte. Das hatte die Mutter ihm nie verziehen, und diese Unfähigkeit zu verzeihen, verbunden mit einer atavistischen Boshaftigkeit, verbuchte Gábor Kolozs als Hauptsünde der Mutter.

Der Vater ist gut und die Mutter ist schlecht, dachte er, und in meinem Blut vermischt sich das. Ich bin etwa zur Hälfte gut, zur Hälfte schlecht. So sieht auch ungefähr die Welt aus, und die sowjetischen Filme zeigen das ganz richtig. In dem Film ›Die Familie Uljanow‹ zum Beispiel drücken wir nicht dem Zaren die Daumen, sondern Lenins Bruder Alexander, der ihn umbringen will. Dabei ist es eigentlich nicht moralisch, jemanden umbringen zu wollen. Der Held des Films ›Menschenschicksal‹, der Rotarmist Sokolow, vertritt die guten Kräfte gegenüber dem bösen Nazi-Lagerkommandanten. Und in dem Film ›Die Kraniche fliegen‹ wird die Heldin zwar von der schönen Tatjana Samojlowa gespielt, aber wir können ihre moralische Haltung trotzdem nicht billigen. Sie betrügt ihren Geliebten, während dieser die Heimat verteidigt.

Ja, aus den sowjetischen Filmen kann man viel lernen, dachte Gábor Kolozs. Er konnte sie ganz in der Nähe ansehen, im Gorki-Kino auf der Akáfca-Straße, und das auch noch im verbilligten Abonnement. Aber, so grübelte er weiter, die Lehre aus diesen Filmen ist doch oft ziemlich bitter. Alexander

Uljanow wird nach dem mißlungenen Attentat auf den Zaren hingerichtet, und das Volk muß noch dreißig Jahre auf den Sieg der gerechten Sache warten. Der Rotarmist Sokolow verliert seine ganze Familie, während er gegen die Faschisten kämpft. Auch wenn das Gute am Ende siegt, hat es doch vorher viel zu leiden.

Das ist genauso wie bei uns zu Hause. Der Vater ist vielleicht der gutmütigste Mensch der Welt, aber wie weit kommt er damit? Seit Jahren duldet er klaglos die Tyrannei der Mutter und ist ihr ausgeliefert. Die Mutter ist gesund, und ohne sie könnte der Vater manchmal nicht einmal das Bett verlassen. Also würde das Gute ohne das Böse einfach zugrunde gehen.

Und hier war er selbst, Gábor Kolozs, der tief in seiner Seele nach dem Guten strebte und erfolgreich sein wollte. Gleichzeitig tat er Böses, war schlecht in der Schule und erlitt verheerende Niederlagen, und manchmal mußte man sich nach dem höheren Sinn und nach der Gerechtigkeit fragen. Wer würde endlich bemerken, daß der kleine, unscheinbare Gábor Kolozs doch vor allem ein Mensch war?

Für einen Augenblick sah er das Gesicht des neuen Direktors vor sich und darin den Ausdruck von Staunen und Entzücken, als er seiner Gesangsdarbietung zuhörte. Der Direktor hatte in der ersten Reihe gesessen und Gábor Kolozs ständig in die Augen geschaut, als könne er seinen Blick nicht abwenden. Ähnlich verzaubert hatte ihn Dr. Paulik angesehen, während er den Chor dirigierte. Offensichtlich kann ich etwas, was andere nicht können, dachte Gábor Kolozs und spürte ein leichtes Frösteln. Ich verfüge über irgendeine Fähigkeit, von der ich bis jetzt keine Ahnung hatte. Ist es gut oder schlecht, wenn ich bei den Lehrern damit Eindruck schinde? Und es dann in der Schule zu etwas bringe? Vielleicht habe ich später Erfolg und muß nicht so ein trauriges Leben führen wie mein Vater.

5

Ich muß mich bessern, wiederholte sich Gábor Kolozs unermüdlich im Trolleybus 70, als er von der Schuljahreseröffnung auf dem Weg nach Hause war. Er hatte jedoch nicht die geringste Vorstellung, wie er dieses heilige Gelöbnis einlösen sollte. Da war als erstes die Sache mit dem unentschuldigten Fehlen. In der Tat hätte dies nicht unbedingt in regelmäßiges Schuleschwänzen übergehen müssen. Er war jedoch gewissermaßen dazu gezwungen worden, besonders am Dienstag und am Freitag, denn im vergangenen Schuljahr hatten sie dreimal in der Woche sechs Unterrichtsstunden: Am Montag endete der Unterricht mit Singen, am Dienstag und Freitag mit Turnen.

An solchen Tagen signalisierte das Klingeln um 13 Uhr 25 das Ende des Schultages. Der Gesanglehrer Paulik hielt sich an diese Zeit und entließ die Klasse sofort nach den ersten Klingeltönen. Gábor Kolozs konnte seine Sachen bereits während der Stunde zusammenpacken und stürzte immer als erster aus dem Klassenraum, nahm zwei Treppenstufen auf einmal, rannte zur Haltestelle in der Damjanichstraße und sprang in den ersten ankommenden Trolleybus 70. Um Viertel vor zwei war er zu Hause, schnappte sich den Henkelmann und rannte weiter in die Síp-Straße zur Armenküche der Gemeinde, in der bis zwei Uhr nachmittags Essen ausgegeben wurde. Spätestens um Viertel nach zwei war er wieder mit dem Mittagessen für den Vater zu Hause.

So lief die Sache ab, wenn Dr. Paulik in der sechsten Stunde unterrichtete, und das war schon anstrengend genug. Der Lehrer Endre Kulics hingegen fühlte sich im Turnsaal als absoluter Herrscher. Wenn er bemerkte, daß jemand während des Klingelns mit dem Einpacken begann, gab er sofort bekannt, das Klingeln sei nicht für die Schüler, sondern für die Lehrer gedacht, und wann die Stunde zu Ende sei, bestimme ausschließlich er. Dabei mußte man sich nach der Stunde noch umziehen und in das Klassenzimmer hinaufrennen, um die Schultasche zu holen. So hätte Gábor Kolozs selbst bei schnellster Geschwindigkeit das Gebäude des Gymnasiums nicht früher als um Viertel vor zwei verlassen können. Der Vater hätte also an diesem Tag kein Mittagessen bekommen, was dem Jungen unvorstellbar erschien – gar nicht zu reden von dem zu erwartenden cholerischen Ausbruch der Mutter.

Im neuen Schuljahr gelang es Gábor Kolozs, eine Viertelstunde Galgenfrist bei der dicken Köchin durchzusetzen, so daß es künftig reichen würde, wenn er um Viertel nach zwei in der Armenküche erschien. Somit brauchte er die sechste Stunde nicht mehr zu schwänzen. Das war um so wichtiger, weil sie jetzt nicht dreimal, sondern gleich viermal in der Woche sechs Unterrichtsstunden hatten.

Ja, wob Gábor Kolozs seinen Gedanken weiter, in dem blöden vergangenen Schuljahr waren die Versäumnisse am Dienstag und Freitag begründet und unausweichlich. Am Montag, Mittwoch, Donnerstag und Samstag hatte er sich in der ersten Zeit nichts weiter vorzuwerfen, er saß während der Geographie- oder Russischstunde ruhig in seiner Bank, packte um 12 Uhr 35 seine Schulbücher und Übungshefte gemächlich zusammen und aß anschließend sogar im Speisesaal, vorausgesetzt, daß um diese Zeit die großen silberfarbigen Töpfe mit der Gemeinschaftsverpflegung schon eingetroffen waren. Auch mußte das Essen irgendwie genießbar sein, was man niemals im voraus wissen konnte. Wenn es ungenießbar war, etwa weil das Fleisch flechsig, der Reis breiig, die Suppe kalt und dünn geraten war, dann kaute er im Trolleybus an einem Stollwerck-Karamelbonbon, das er im Tabakladen für zehn Fillér das Stück kaufen konnte. An solchen Tagen kam er mit dem Henkelmann immer rechtzeitig in der Sípstraße und später zu Hause an.

Gábor Kolozs hatte zu Beginn des letzten Schuljahrs die Möglichkeit erwogen, den Henkelmann gleich am Morgen mit zur Schule zu nehmen, um Zeit zu sparen. Dann hätte er auch an

Sechsstundentagen mit dem Trolleybus bis zur Kreuzung Majakowskistraße / Leninring fahren, dort in den Sechser umsteigen und von der Haltestelle Wesselényistraße aus zu Fuß zur Sípstraße gehen können, und das Ganze würde ungefähr fünfundzwanzig Minuten in Anspruch nehmen. Diese Lösung würde zweifelsohne das Mittagessen des Vaters von den Kapricen des Turnlehrers unabhängig machen, brachte aber eine andere Art von Problemen mit sich.

Gábor Kolozs schämte sich einfach, die stinkige Baumwolltasche nebst Henkelmann mit in das Klassenzimmer zu nehmen. Er bekam bereits Angst, wenn er sich die Szene vorstellte, daß er neben seine Jacke jenes verdächtig riechende Requisit von undefinierbarer Farbe an den Garderobenhaken hängen sollte. Vor allem aber fürchtete er sich vor der unausweichlichen Frage seiner Klassenkameraden nach dem Zweck dieser Tasche. Und wenn er der Wahrheit entsprechend antwortete, dann würden sie weiter nachhaken: Für wen er das Essen hole und woher. Er müßte ihrer Neugier nachgeben, und dann käme unweigerlich die Sípstraße ins Gespräch, es würde über die Armut in seiner Familie gesprochen und, noch schlimmer, über ihr Jüdischsein, das, wie die Mutter zu sagen pflegte, »niemanden etwas angeht«. So blieb dem Jungen nur übrig, weiterhin Umwege zu machen und sich aufgrund der Zeitknappheit dauernd sehr zu beeilen.

So war der Zeitmangel die Hauptursache für das Schuleschwänzen, zumindest hatte die Sache damit begonnen. Und Gábor Kolozs fand nach wie vor nichts Ehrenrühriges daran, daß er schon bald begonnen hatte, die sechste Stunde am Montag zu versäumen, in der Paulik sie mit sichtbar geringer Begeisterung in die Welt der Volkslieder und Revolutionsmärsche einzuführen hatte. Und während er in der Pause nach der fünften Stunde mit der Schultasche auf dem Rücken das Treppenhaus im Seitenflügel hinunterschlich, damit er unterwegs nicht irgendeinen Lehrer traf, möglicherweise gar den Gesanglehrer, dachte er zufrieden, daß der arme Vater heute nicht lange auf sein kostenloses Essen warten mußte.

Während Gábor Kolozs mitsamt Henkelmann bereits die Sípstraße erreicht hatte, wurde ihm bewußt, daß die schicksalhafte Kette seines Fehlverhaltens, für das es keine wirklich akzeptable Erklärung gab, im Grunde damit begonnen hatte, daß er nachmittags nicht mehr zur Schule fuhr. Das Gymnasium hatte nämlich die Wohltat der Verpflegung, die in seinem Falle sogar unentgeltlich war, mit der Institution des Hausaufgabenzimmers verbunden, in welchem die Lernenden in den Nachmittagsstunden unter der Aufsicht von Lehrern ihre Hausaufgaben machen beziehungsweise ihre Lektionen für den nächsten Tag lernen konnten.

Gábor Kolozs versuchte diese Möglichkeit zu nutzen. Nach Erledigung der Angelegenheit mit dem Henkelmann konnte er um Viertel nach zwei wieder in Richtung Gymnasium losfahren und kam kurz vor drei dort an. Das Studierzimmer war bis fünf Uhr geöffnet. Er sah ziemlich schnell ein, daß diese Rückfahrt am Nachmittag keinen Sinn hatte, sondern nur zeitraubend war. In dieser Zeit konnte er seine Hausaufgaben auch gut daheim erledigen, denn der Vater legte sich nach dem Mittagessen immer schlafen und die Mutter kehrte von ihrer Genossenschaft in Obuda erst um halb sechs zurück.

Die plötzliche Erkenntnis, daß er keine Zeit zu verschwenden hatte, ereilte ihn an einem lauwarmen, sonnigen Februarnachmittag an der Haltestelle des Trolleybus 70 in der Damjanichstraße. Einige Minuten lang dachte er daran, einfach den Trolleybus in die andere Richtung zu nehmen und wieder nach Hause zu fahren. Im nächsten Augenblick jedoch fiel sein Blick auf die andere Seite der Dózsa-György-Straße, auf die in diesem Jahr schon so außergewöhnlich früh knospenden Bäume des Stadtparks, und eine unwiderstehliche Kraft zwang ihn zu einem Spaziergang, der sich später als Auftakt zu all jenen Nachmittagen erwies, an denen er sich vor seinen Verpflichtungen drückte.

Von diesem Tag an verbrachte Gábor Kolozs fast jeden Nachmittag in der Stadt. Nach dem Stadtpark entdeckte er die Innenstadt, das Donauufer und die Margaretheninsel. Er durchstöberte die Buchhandlungen und Antiquariate, und wenn er gerade einen Forint siebzig Fillér beisammen hatte, besuchte er sofort in einem der Programmkinos die Nachmittagsvorstellung. Als es wärmer wurde, setzte er sich auf eine Parkbank, zog seine kurze Baumwolljacke aus und hielt sein Gesicht in die helle Frühlingssonne, die Schultasche neben sich. Manchmal las er auch, aber er faßte nie ein Lehrbuch an, sondern verschlang Romane von Dumas oder Verne, die er aus der Ervin-Szabó-Bibliothek entliehen hatte. Ab und zu erkundigte er sich bei den Passanten nach der Uhrzeit, und gegen fünf ging er nach Hause in die Klauzál-Straße.

Es war ihm wohl bewußt, daß diese verrückte Freiheit irgendwann mit einem Riesenkrach enden würde. Der Klassenlehrer László Feith sagte ihm Ende März, er solle gefälligst seinen Herrn Vater zur Schule schicken, weil mit diesem bestimmte Probleme zu besprechen seien. Gábor Kolozs antwortete darauf, ohne mit der Wimper zu zucken, daß der Vater leider krank sei. »Na gut, dann warten wir, bis er wieder gesund ist. Nur sollte es nicht allzu lange dauern«, bemerkte der Klassenlehrer und kam auf die Frage zunächst nicht zurück. Einmal hatte ihn der Turnlehrer auf dem Schulkorridor beim Schwänzen erwischt und seinen Finger drohend erhoben: »Es wird Probleme geben, Kolozs! Auf der schiefen Ebene gibt es keinen Halt!«

Damals, es mochte Mitte April sein, versuchte Gábor Kolozs der Mutter zu erklären, daß der Vater wöchentlich zweimal sein Essen selbst abholen müsse, weil er wirklich keine Turnstunde mehr versäumen dürfe. Die Mutter hörte ihm aber nicht einmal bis zu Ende zu und begann gleich mit einem ihrer üblichen Auftritte.

»Schämst du dich nicht?« kreischte sie. »Nicht einmal so ein kleines Opfer willst du für deinen Vater bringen! Für deinen Vater, der in Mauthausen gelitten hat! Den sie dort kaputtgemacht haben und der jetzt krank ist! Willst du ihn etwa hungern lassen? Willst du ihn ins Grab bringen? Soll er immer nur im Aufzug sitzen, rauf und runter, rauf und runter, und nichts zu essen kriegen? Selber soll er den Fraß abholen – wo er sich nicht mal selbst nach Hause schleppen kann! Schämst du dich nicht? Du kriegst alles von uns und willst nicht einmal so viel für deinen Vater tun! Und ich bin der Fußabtreter und Packesel in dieser verfluchten Mischpoche hier!«

Gábor Kolozs mied auch weiterhin nachmittags das Hausaufgabenzimmer und schwänzte regelmäßig die Gesangs- und Turnstunden. Je länger er diese Gewohnheit pflegte, desto weniger konnte er sich dazu entschließen, wenigstens ab und zu hinzugehen oder mit einem der Lehrer über die Ursachen für seine Versäumnisse zu sprechen. So glitt er, wie Endre Kulics vorhergesagt hatte, auf der schiefen Ebene immer mehr hinab und fühlte die Angst vor der Tiefe und gleichzeitig den süßen Schwindel des Hinabgleitens.

Vorerst waren die freien Spaziergänge am Nachmittag in den Augen von Gábor Kolozs eine angemessene Entschädigung für den Schrecken der Vormittage. Er saß in der vorletzten Bank direkt neben dem Fenster und beobachtete die Handbewegungen des Lehrers, der soeben im Klassenbuch blätterte. Bei welchem Buchstaben konnte er jetzt sein? Jedesmal, wenn der Lehrer aufsah, zuckte Gábor Kolozs zusammen und versuchte sich hinter dem breiten Rücken des vor ihm sitzenden Vili Nigreisz zu verstecken. Dann sprach der Lehrer einen Namen aus, und Gábor Kolozs konnte sich für einige Minuten entspannen. Doch die nächste Angst regte sich in ihm bereits während der Antwort. Wenn ein guter Schüler an der Tafel stand, dachte er daran, welche Enttäuschung er selbst verursachen würde, falls er das Pech hätte, als nächster dranzukommen. Wenn ein mittelmäßiger oder gar ihm ähnlicher Mitschüler antwortete, dann befürchtete er, daß der Lehrer ihn in bereits verärgerter Stimmung aufrufen würde.

Natürlich gab es Unterschiede zwischen den einzelnen Fächern. Ungarische Literatur mochte er, der Geschichtsunterricht wirkte selbst in den farblosen Vorträgen von Feith auf ihn wie ein interessantes Märchen, im Russisch- und Lateinunterricht half ihm sein Sprachgefühl, Geographie und Biologie waren teilweise Glückssache, und nur drei Fächer bildeten in seinem Kopf ein Reich von undurchdringlicher Finsternis: die Chemie, die Mathematik und die Physik. Diese Lehrstoffe konnte man sich unmöglich aneignen, sie gingen einfach nicht in den Kopf, und die Worte verwandelten sich nicht in Begriffe, sondern klebten als endlose Buchstabenreihen an der Tafel.

Auch die Lehrer waren in ihrem Verhalten nicht gleichförmig. So beobachtete der Stellvertretende Direktor Arpád Illés, Lehrer für Physik und Mathematik, das Leiden des Gábor Kolozs vor der Tafel mit unverhülltem Ekel und schrieb in das Klassenbuch mit eiskalter Gleichgültigkeit die Note Unbefriedigend. Die ältliche Lehrerin Tóth hingegen, die der böse Schülermund mit dem Spitznamen ›Lollobrigida‹ bedacht hatte, lispelte nach jeder erfolglosen Antwort von Kolozs eine Trauerrede: »Es tut mir wahnsinnig weh, Kolozs, das ausgerechnet ich Sie in Chemie durchfallen lassen muß, denn ich finde Sie äußerst sympathisch. Aber die organische Materie muß man wirklich benennen können.«

Als seinen gefährlichsten Gegner betrachtete Gábor Kolozs den Klassenlehrer. László Feith schien tausend Augen zu haben. Wenn er mit dem Rücken zur Klasse stand, weil er zum Beispiel einige geographische Begriffe oder historische Daten an die Tafel bringen wollte, war er imstande, gleichzeitig genau festzustellen, wer die Ordnung störte. Er ranzte den Betreffenden sofort an, ohne sich auch nur umzudrehen: »Szelöczey und Horváth! Hören Sie mit Ihrem Geschwätz auf! Und Sie, Korniss, lesen gefälligst nicht unter der Bank!« Oder: »Noch ein solches Gähnen, Novák, und Sie legen Ihr Ordnungsheft auf den Tisch!« Manchmal sauste er unerwartet durch die Bankreihen und fragte dann mit triumphierendem Grinsen seine zu Tode erschrockenen Zöglinge: »Na, ihr Lausejungen, da habt ihr Schiß gekriegt, was?«

Den stotternden Sanyi Winkler rief er in drei aufeinanderfolgenden Geographiestunden zur Tafel und schickte ihn mit der Note Unbefriedigend zurück. Er behauptete, er werde den

Stotterer schon von seinem Sprachfehler kurieren, der im Grunde nichts anderes sei als ein Mangel an Respekt gegenüber den Lehrern. Mit Ausnahme der paar Klassenbesten fiel ihm zu jedem Schüler eine Gemeinheit ein. Gábor Kolozs ließ er mehr oder weniger in Ruhe, indem er ihm einfach keine besondere Aufmerksamkeit schenkte. Bösartige Anspielungen machte er nur über die Kleinwüchsigkeit des Jungen: »Jetzt erlaube ich mir, unseren sowohl körperlich als auch geistig herausragenden Zögling Gáborlein Kolozs zur Tafel zu rufen.«

Im Grunde war es Gábor Kolozs egal, ob ein Lehrer gut oder böse, sein Fach leicht oder schwer war. Wenn er vom Katheder aus aufgerufen wurde, ging er zwischen den Bankreihen hindurch zur Tafel, als hätte er soeben eine Einladung zu seiner eigenen öffentlichen Hinrichtung entgegengenommen.

Die sich häufenden schlechten Noten sowie die Anmerkungen der einzelnen Lehrer im Klassenbuch zu seinen Versäumnissen brachten Gábor Kolozs keineswegs in Zugzwang. Er löste das Problem für sich ohne besondere Gewissensbisse, indem er die Eintragungen anstelle des Vaters einfach selbst zur Kenntnis nahm. Dies fiel ihm nicht besonders schwer. Dr. Dániel Kolozs hatte ein leichtes Zittern in der rechten Hand, seine Schrift war kaum leserlich, und wenn Gábor Kolozs mit der linken Hand schrieb, konnte er ein ähnliches Gekrakel wie der Vater zustande bringen. Mittlerweile war sein Ordnungsheft mit den Botschaften der verschiedenen Lehrkräfte fast gefüllt, und der Adressat quittierte immer wieder ohne Kommentar mit seinem Autogramm.

Anfang Mai fand der Klassenlehrer die mangelnde Resonanz der Eltern des Gábor Kolozs unerträglich und bat den Vater in einem kurzen Brief, an einem der nächsten Tage persönlich in der Schule zu erscheinen, um mit ihm über die Leistungen des Sohnes zu sprechen. Gábor Kolozs überwand seine anfängliche panische Angst und schrieb eine detaillierte Antwort auf die einzig noch freie letzte Seite des Ordnungsheftes. Darin entschuldigte er sich, daß er, der Vater, aufgrund seiner schweren Depressionen der herzlichen Einladung vorläufig nicht Folge leisten konnte. Er versicherte dem Herrn Klassenlehrer jedoch, daß er sich sofort melden werde, sobald es ihm nur ein wenig besser ginge. Datum, Unterschrift.

Gábor Kolozs betrachtete zufrieden den Brief, einen besseren hätte der Vater auch nicht entwerfen können. Als er jedoch unmittelbar vor seinem Aufbruch zur Schule die Epistel auf der Suche nach etwaigen Rechtschreibfehlern noch einmal las, wurde er bleich. Ihm wurde schwindelig, vielleicht fiel er sogar für einige Sekunden in Ohnmacht. Unter dem Skriptum, das alle Merkmale von dem Gekritzel des Vaters besaß, sah er die Unterschrift: »Dr. Gábor Kolozs«.

Hier konnte nichts mehr helfen, weder das Radiergummi, mit dem der Verfasser das dünne Blatt beinahe durchlöcherte, noch die mit dem eigenen Speichel befeuchtete Tintenschrift. Das auf den Namen ›Gábor‹ sorgfältig mit der rechten Hand kopierte ›Dániel‹ verriet noch schreiender die Sünde, die eigentlich nur das ursprüngliche Vergehen hatte verhüllen sollen. Einen Augenblick lang dachte Gábor Kolozs, er würde dem Klassenlehrer Feith einfach erzählen, das Ordnungsheft mit der wichtigen Botschaft des Vaters sei ihm unbegreiflicherweise abhanden gekommen. Dann aber wurde ihm bewußt, welch ein Durcheinander diese neue Lüge hervorrufen könnte, und plötzlich befiel ihn eine grenzenlose Müdigkeit. Er war nun zu allem entschlossen, komme, was wolle. Gábor Kolozs war am untersten Ende der schiefen Bahn angekommen.

Es war ein Montagmorgen, zweite Stunde, Geographie. Feith forderte gleich nach der Meldung des Ordnungsdienstes Gábor Kolozs auf, besagtes Heft auf den Tisch zu legen. Er warf einen Blick hinein und sagte sofort mit vernichtendem Spott: »Du legst es also darauf an.« Dann sprang er vom Pult auf und verließ schnellen Schrittes den Klassenraum. Erst an der Tür wandte er sich noch einmal um und verkündete: »Jetzt muß ich runter zum Herrn Direktor. Ihr wartet auf mich und seid mucksmäuschenstill. Mit mir ist heute nicht mehr zu spaßen.«

Der damalige Direktor wollte im ersten Affekt gleich die Jugendhilfe benachrichtigen, denn schließlich handelte es sich hier um Urkundenfälschung. In der Schulabteilung des Bezirksrats brachte man ihn jedoch von dieser Idee ab: Es habe keinen Sinn, jetzt, unmittelbar bevor er auf Rente gehe und seinen wohlverdienten Ruhestand genießen wolle, eine derart heikle Geschichte einzurühren. Das Einschalten der Jugendhilfe würde außerdem nur dem ohnehin angeschlagenen Ruf des Gymnasiums schaden, und er solle das Problem lieber hinter verschlossenen Türen erledigen.

Darauf folgte das Disziplinarverfahren gegen Gábor Kolozs in Anwesenheit des gesamten Lehrkörpers mit dem Ergebnis eines Letztmaligen Verweises des Schuldirektors. Dann fand ein Gespräch zwischen László Feith und der Mutter statt, in dessen Verlauf der Klassenlehrer vorschlug, die Eltern sollten sich entschließen, den Schüler vom Gymnasium zu nehmen und zu einer Berufsschule zu schicken. Erschrocken lehnte die Mutter ab, ohne über den Vorschlag nachzudenken. Wie zu erwarten gewesen war, fiel Gábor Kolozs in zwei Fächern durch und absolvierte die Wiederholungsprüfungen in Chemie und Mathematik. Die Tatsache, daß er sie bestand, hatte bereits mit dem neuen Direktor zu tun: Der Klassenlehrer Feith wollte das neue Schuljahr mit einem besseren statistischen Leistungsdurchschnitt beginnen.

Als Gábor Kolozs am 29. August 1959 von der Nachprüfung nach Hause kam, lag der Vater mit dem Gesicht zur Wand auf dem Récamiersofa. »Ich bin jetzt in der zweiten Klasse!« rief der Junge aus der Küche, aber der Vater reagierte nicht. Gábor Kolozs griff nach der Baumwolltasche mit dem Henkelmann und war nach einer Viertelstunde mit dem Essen zurück. An diesem Tag gab es Flecksuppe, Faschiertes mit Kürbisgemüse und zum Nachtisch Nußnudeln. Gábor Kolozs nahm die Gefäße auseinander, stellte die Suppe auf den Gasherd und holte Teller und Besteck aus der Kredenz. Dann rief er dem Vater zu, daß das Essen fertig sei.

Der Vater schöpfte einen Löffel Suppe aus dem Teller, berührte damit den Mund und ließ die Flüssigkeit wieder auf den Teller kleckern. Im gleichen Augenblick tropfte aus seinen Augen die erste Träne in die Suppe, dann die zweite, die dritte. Gábor Kolozs sah den Vater zum ersten Mal weinen.

»Aber Vatel, Vatel!« rief er verzweifelt. »Was ist los?« Und er begann zu flehen: »Hör bitte auf zu weinen! Verzeih mir doch bitte! Es wird nie mehr eine Wiederholungsprüfung geben! Ich werde nie mehr die Schule schwänzen! Ich werde nie mehr etwas fälschen! Es wird überhaupt nichts mehr vorkommen!«

»Es wäre besser, nicht mehr nach Hause gekommen zu sein«, sagte nach langer Pause der Vater.

»Was meinst du damit?« fragte Gábor Kolozs erschrocken. »Wieso hätte ich lieber nicht nach Hause kommen sollen? Aber Vatel! Wie kannst du so etwas sagen? Ich komme doch immer nach Hause!«

»*Ich* wäre besser nicht mehr nach Hause gekommen«, sagte der Vater. »Aus Mauthausen.«

ZWEITER TEIL

I

Selbstverständlich wußte Gábor Kolozs, daß er im neuen Schuljahr nicht dort weitermachen konnte, wo er im alten aufgehört hatte. Am Nachmittag des ersten Unterrichtstags saß er zu Hause und schlug seine Lehrbücher und Schulhefte in dunkelblaues Packpapier ein, wie es die Vorschrift wollte. Dann schrieb er die Bezeichnung der einzelnen Unterrichtsfächer mit angestrengter Schönschrift auf die Etiketten, darunter seinen Namen und die Bezeichnung ›Schüler der Klasse II a‹. Dieses etwa zwanzigmal wiederholte Ritual half ihm, sich auf die neue Situation einzustimmen. Dann füllte er als symbolischen Schlußakt den vorgedruckten Stundenplan aus und sah in seiner Phantasie plötzlich die Zukunft vor sich: Viele Monate, die mit eifrigem Lernen angefüllt sein würden.

Das wöchentliche Stundensoll der Klasse hatte sich im Vergleich zum vorhergehenden Schuljahr um eine Stunde erhöht. Das neue Unterrichtsfach war ausschließlich für die II a eingeführt worden und wurde mit dem rätselhaften Eigenschaftswort ›versuchsweise‹ versehen. An jedem Mittwoch sollte nun der Direktor István Ludasi von elf bis elf Uhr fünfundvierzig das Fach ›Grundlagen unserer Weltanschauung‹ lehren. Er hatte bereits bei der gestrigen Feier zum Schuljahresbeginn angekündigt, daß dieses Unterrichtsfach nicht den Sinn habe, fertige Antworten zu liefern. Ziel sei vielmehr, die fortschrittliche Ideologie besser bekanntzumachen, die Schüler dafür zu begeistern und ihre Diskussionsfähigkeit zu entwickeln.

Gábor Kolozs stellte mit einem Blick fest, daß der Mittwoch wahrscheinlich ein unkomplizierter Wochentag sein würde. In der zweiten Stunde sollte ihnen die schwangere Lehrerin Podiski ungarische Literatur beibringen, und darauf folgte Feiths Stunde – aber nicht Geographie, sondern Geschichte, das für Gábor Kolozs leichtere Fach. Nach der zwanzigminütigen großen Pause würde Genrietta Wassiljewna wieder versuchen, mit ihrer liebenswürdigen Art die russische Sprache erträglicher zu machen. Einzig gefährliches Ereignis des Tages war Chemie, und wenn er diese fünfte Stunde dank dem Wohlwollen der Lehrerin Tóth überlebt hatte, dann würde die letzte Runde des Unterrichtstages, die lingua latina mit dem Lehrer Gaál, der aufgrund seines sonoren Organs ›Brummi‹ genannt wurde, eine wahre Erholung sein.

Um so fürchterlicher war der Donnerstag, an dem der Lehrer Illés erst Mathematik und danach Physik zelebrieren sollte, und auch der Stundenplan am Freitag war nicht gerade berauschend. Zwar waren die ersten Stunden gar nicht so schlecht, aber der Tag endete wie auch der Dienstag mit Turnunterricht. Und das bedeutete, den rotnackigen dämlichen Turnlehrer Endre Kulics mit seinem Quadratschädel und seinen behaarten Händen aushalten zu müssen, das bedeutete durchdringenden Schweißgeruch im Umkleideraum, unangenehm nachhallende Geräusche im Turnsaal, bedeutete Liegestützen, Klimmzüge, ständiges Auf- und Niedersitzen und das Aufstellen nach Größe vor der Sprossenwand. Mit einer Körpergröße von einem Meter fünfundfünfzig stand Gábor Kolozs an dem einen Ende der Reihe, das andere Extrem war sein Mitschüler Imre Endreffy, ein Meter zweiundachtzig, Jugendchampion im Basketball.

Im Prinzip hätte auch László Feiths Klassenlehrerstunde am Freitag erholsam sein können, da hier keine Noten verteilt wurden. Aber Feith hatte der Klasse meist nicht viel zu sagen, und so machte er in der Stunde Ordnungsübungen oder befahl Grabesstille, damit er vorn an seinem Pult ungestört das Wochenmagazin ›Land und Welt‹ oder die Tageszeitung ›Volkssport‹ lesen konnte. Eindeutig friedlich jedoch waren die von Dr. Paulik abgehaltenen Gesang- und Musikstunden. Obwohl es hier auch Zensuren gab, war es seit Menschengedenken niemals vorgekommen, daß Paulik jemandem eine schlechte Note verpaßt hätte.

An jenem Nachmittag des ersten September, als sich Gábor

Kolozs mit Schere, Kleber und Etiketten auf das bevorstehende Schuljahr 1959/60 einzustimmen suchte, kam ihm plötzlich die Idee, einige Kostproben des künftig anstehenden Lehrstoffes zu nehmen. Er begann mit dem schwierigen Teil. Aufs Geratewohl schlug er das Chemielehrbuch auf und las auf Seite 21 folgenden Text:

»Das Polymerbenzin

Beim Trennen des Erdöls entstehen aus hauptsächlich ungesättigten Kohlenwasserstoffen zusammengesetzte sogenannte Spaltgase von gasförmigem Aggregatzustand. Durch Zusammenschluß von mehreren ungesättigten Gasmolekülen kann man Benzin von guter Qualität gewinnen, das heutzutage bereits in ansehnlicher Menge produziert wird. (Über das Polymerbenzin werden wir noch einiges bei den ungesättigten Kohlenwasserstoffen erfahren.)«

Von alledem verstand er nur die Vorankündigung, daß das Thema Polymerbenzin ungefähr im nächsten Frühjahr im Zusammenhang mit den Kohlenwasserstoffen erneut behandelt werden würde, und diese Aussicht ließ ihn leicht erschauern. Die anderen Teile des kurzen Textes drangen einfach nicht in sein Bewußtsein.

Danach warf er einen zaghaften Blick in das Lehrbuch für Physik: »Wenn wir die Größe der Kräfte von paralleler und entgegengesetzter Richtung sowie die Entfernung ihres Angriffspunktes verändern, führen unsere Versuche jedesmal zu dem Ergebnis, daß die Kraftresultierende von zwei Kräften paralleler, aber entgegengesetzter Richtung parallel zu den gegebenen Kräften wird und die Richtung der größeren Komponente aufnimmt, wobei ihre Größe dem Unterschied der beiden Komponenten gleicht.«

Es ist doch gar nicht anders möglich, dachte er nach dem Lesen des Absatzes, daß dieser Text einen Sinn hat, ebenso wie der Ausschnitt aus dem Chemiebuch. Und wenn er einen Sinn hat, dann müßte ich ihn auch verstehen und mir merken können. Schließlich beschäftigen sich täglich Hunderte oder eher Tausende von Schülern im ganzen Land mit solchen Sätzen, und die Bewertung ihrer Leistungen ist ›mittelmäßig‹, ›gut‹ oder sogar ›ausgezeichnet‹. Was war der Grund dafür, daß ausgerechnet er, Gábor Kolozs, mit Sicherheit nicht der dümmste von allen Gymnasiasten des Landes, völlig außerstande zu sein schien, diese für seine Altersgruppe bestimmten und von Fachleuten formulierten Texte in sich aufzunehmen?

Die einfachste Erklärung, dachte er, liegt darin, daß der Lehrstoff nicht in meinen Kopf will, weil diese Sätze mich nichts angehen. Mit den mathematischen Beispielen der aus dem Russischen übersetzten Beispielsammlung hingegen war vergleichsweise mehr anzufangen:

»Im Jahre 1949 wurden für die Waldschutzstationen der Sowjetunion insgesamt 8365 Traktoren, Baumpflanzmaschinen und Kraftfahrzeuge hergestellt. Die Zahl der Traktoren war dabei um 2450 Stück größer als diejenige der Baumpflanzmaschinen und zehnmal höher als diejenige der Kraftfahrzeuge. Wie viele Traktoren, Baumpflanzmaschinen und Kraftfahrzeuge wurden im einzelnen hergestellt?«

Oder ein ähnlicher Rebus zu einem anderen Thema: »Am 1. Mai marschiert eine Gruppe von Demonstranten mit einer Geschwindigkeit von 3 km/h. Ein Fahrradfahrer, der mit einer Geschwindigkeit von 15 km/h fährt, braucht 2 Minuten, um vom Ende der Marschkolonne bis zum Anfang zu gelangen. Wie lang ist die Marschkolonne?«

Obwohl Gábor Kolozs auch diese Aufgaben niemals lösen konnte, sah er während des Grübelns über den Rechenweg doch wenigstens Bilder vor sich – Traktoren, Demonstranten oder Radfahrer, wie sie im richtigen Leben existieren. Eine ähnlich bildhafte Stütze fand er auch im Fach Biologie:

»Die wirtschaftliche Bedeutung des Hausschweins ist sehr groß. In unserer Heimat wird es vor allem als fett- bzw. fleischerzeugendes Tier gehalten. Obwohl für die Fütterung des Schweins nährstoffreiches Kraftfutter (Gerste, Mais, Kartoffeln) notwendig und sogar unentbehrlich ist, verwertet das Tier als Allesfresser auch Grünfutter oder anderweitig nicht verwertbare Küchenabfälle und Spülicht.«

Diesen hinreichend anschaulichen Text konnte Gábor Kolozs gut verstehen, und er merkte sich sogar einiges davon. Aber auch hier ertappte er sich dabei, daß sein Gehirn die Informationen über das Hausschwein im Grunde nicht aufnehmen wollte und heftigen Widerstand gegenüber diesem als überflüssig erachteten Wissen leistete. So war die Gefahr groß, daß er etwas Anschauliches las, dieses auch verstand, aber nach wenigen Minuten gleich wieder vergaß. Jeder abstrakte Begriff jedoch, jedes physikalische oder mathematische Gesetz bedeutete für Gábor Kolozs ein unüberwindliches Hindernis. Dazu kam noch die Angst, daß er als ein Schüler, der dies alles nicht begreifen konnte, auch nicht imstande war, die richtigen Antworten an die Tafel zu schreiben. Wer das nicht kann, fällt durch, und wer durchfällt, zählt nicht mehr zur Gattung Mensch. Denn die reale Welt, davon war Gábor Kolozs überzeugt, akzeptiert nur starke und selbstsichere Leute.

Fast keine Schwierigkeit jedoch bedeuteten für ihn die anderen Schulbücher, darunter das von der Schülermehrheit gehaßte und gefürchtete russische »Utschebnik«. In diesem entdeckte Gábor Kolozs beim ersten Durchblättern den Text »Nasch otjetz sstalewar« (Unser Vater ist Stahlwerker), der in Verbindung mit der Sprachübung gleichsam für die sowjetische Stahlproduktion werben sollte:

Sscharko bywajet ím, sstalewaram u martenowskich petschej. Nasch otjetz vsjo-taki ljubit sswoju rabotu. Odnaschdy podoschol k njemu djirektor savoda i sskasal: »Dorogoj towarischtsch, wü usche prorobotali tridcatj let sstalewarom, my dadjim wam boleje ljogkuju rabotu, my reschili ssdjelatj wass sawedujuschim skladom. Wot wam kabinjet ss mjagkoj mebelju, rabota ljogkaja, otdychajtje na sstarostji let!« No nasch otjetzt obidjelssja ot takova predloschenija i sskasal: »Kak wy mogli podumatj, schto ja promenjaju martjenowskuju petsch na kakoj-to kabinjet?«

Die haben es heiß, die Stahlwerker, dort bei dem Siemens-Martin-Ofen. Dennoch liebt unser Vater seine Arbeit sehr. Einmal kam der Direktor des Betriebs zu ihm und sagte: »Lieber Genosse, Sie haben bereits dreißig Jahre als Stahlkocher durchgemacht, jetzt geben wir Ihnen gerne eine leichtere Arbeit, wir haben beschlossen, aus Ihnen einen Depotleiter zu machen. Sie bekommen ein Büro mit weichen Sesseln, Sie bekommen eine leichtere Arbeit, erholen Sie sich, bei Ihrem Lebensalter.« Unser Vater war jedoch über das Angebot gekränkt und sagte: »Wie können Sie annehmen, daß ich bereit bin, den Siemens-Martin-Ofen gegen irgendein Büro einzutauschen?«

Gábor Kolozs benötigte kaum das zur Lektion gehörende Vokabelverzeichnis, um zu verstehen, was er las. Es war, als gäbe dieses schöne sowjetische Märchen aus der Ferne seinem Leben einen Sinn. Mein Gott, warum konnte der Alte zu Hause, der Vater, denn nicht so sein wie jener stolze Stahlwerker? Dann müßte Gábor Kolozs nicht Henkelmänner schleppen, Urkunden fälschen und Nachprüfungen ablegen.

2

Am allerwenigsten hatte Gábor Kolozs damit gerechnet, daß der neue Direktor ihn bereits am nächsten Vormittag zu sich rufen würde. Er empfand es als eine besondere Gunst des Schicksals, daß das Gespräch mitten in der ersten Geographiestunde des Klassenlehrers Feith stattfinden sollte. László Feith saß auf dem Katheder und erörterte die Berg- und Gewässerkunde sowie die klimatischen Bedingungen in Schweden mit besonderem Augenmerk auf die Auswirkungen der Eiszeit: Durch die riesigen Gletscher wurde aus den ursprünglichen skandinavischen Gebirgen eine wellenförmige Hügellandschaft. Die Bewegungen der riesigen Eismassen hatten außerdem zur Folge, daß die Flüsse bis heute nicht schiffbar sind. Diese Tatsachen teilte Feith mit solcher Herablassung mit, als seien diese einer prinzipiellen Unfähigkeit des schwedischen Volkes geschuldet, und sein Gesichtsausdruck wurde erst dann freundlicher, als er die Vorzüge des Väner- und des Vätternsees sowie des Götakanals hervorheben konnte. Von hier aus ging er ohne Umschweife zur neuzeitlichen Geschichte des Landes über. Er kratzte durch sein Stoppelhaar, und in seiner Stimme erklang ein Hauch von Pathos:

»Vor Beendigung des Zweiten Weltkriegs befand sich der Großteil der schwedischen Stahlerzeugung und Fabrikindustrie in der Hand der deutschen Kapitalisten. Nach dem Krieg wurde der Einfluß des deutschen Monopolkapitals durch denjenigen des amerikanischen abgelöst. Die Bestrebungen der US-Imperialisten werden heute durch die schwedischen Kapitalisten, Großgrundbesitzer, Waldeigentümer, die sogenannten Holzbarone, unterstützt.« Nur die Schüler in den ersten Reihen konnten sehen, daß Feith diese druckreifen Behauptungen aus dem Lehrbuch ablas.

Gerade hatte er damit begonnen, die schwedischen Werktätigen zu rühmen, die unter der Führung der Kommunistischen Partei den Beitritt des Landes in den antisowjetischen Militärblock vereitelt hatten, als jemand an die Tür klopfte. Der Schulsekretär kam herein, trat zum Katheder und flüsterte dem Lehrer etwas zu. Dieser nickte bedeutungsvoll und rief Gábor Kolozs nach vorn. »Der Genosse Direktor möchte dich sehen«, sagte er, und diesmal vermied er die üblichen galligen Bemerkungen.

Neben dem langbeinigen und ewig hektischen Schulsekretär herrennend, überlegte Gábor Kolozs, warum ihn der Direktor wohl zu sich kommen ließ. Ein gravierendes Problem konnte es nicht geben, denn am zweiten Tag des neuen Schuljahrs war noch keinerlei Leistungskontrolle erfolgt, und auch zum Schuleschwänzen hatte sich bisher kein Anlaß geboten. Es reichte jedoch aus, wenn sich Ludasi mittlerweile mit seiner Vorgeschichte bekanntgemacht, zum Beispiel die Disziplinarsache vom Mai studiert hatte. Wenn daraus jetzt nochmal irgendein Krach werden sollte, dachte Gábor Kolozs, dann ist einzig und allein mein gestriger Aufritt daran schuld, oder vielmehr der dumme Paulik. Warum mußte er unter achtzig Schülern ausgerechnet mich herausgreifen? Im Grunde kann man gar nicht klein und unauffällig genug sein, ärgerte sich Gábor Kolozs.

Entgegen diesen Befürchtungen verschwendete István Ludasi keine Sekunde auf die Fälschungsaffäre oder auf die kläglichen Leistungen des vorigen Schuljahrs. Nachdem er Gábor Kolozs gebeten hatte, Platz zu nehmen und dieser in einem riesengroßen Sessel versunken war, kam er gleich auf die gesangliche Darbietung vom Vortag zu sprechen. Er fragte den Schüler, ob er bereits vor Publikum aufgetreten sei, ob er gerne Gedichte lese, Theater besuche, ob er Freunde in der Klasse habe. Gábor Kolozs beantwortete diese Fragen so knapp wie irgend möglich. Als Ludasi sich schließlich erkundigte, welche Pläne er nach Abschluß des Gymnasiums habe, konnte der Junge nicht umhin, einen etwas längeren Satz herauszubringen.

»Falls es zum Abschluß kommt«, sagte er und fügte hinzu: »Nämlich des Gymnasiums.«

Da sprang der Direktor, der ihm gegenüber im anderen Sessel saß, plötzlich auf.

»Wieso ›falls‹?« fragte er mit empörtem Unterton. »Selbstverständlich kommt es zum Abschluß, mein Junge. Und zwar, denke ich, mit guten Ergebnissen.« Er baute sich vor dem Sessel auf, in dem Gábor Kolozs nun am liebsten noch tiefer versunken wäre, richtete einen ermunternden Blick auf den Jungen und fuhr fort:

»Hör zu, Gábor. Gestern war ich Zeuge von etwas, was eindeutig von einer großen Begabung zeugt. Ich weiß noch nicht, worin diese Begabung eigentlich liegt und unter welchen Voraussetzungen sie sich entfalten wird. Aber ich bin davon überzeugt, daß es eine Sünde wäre, sie brachliegen zu lassen. Bitte nimm es nicht als Propaganda, wenn ich sage, daß es jetzt zum ersten Mal in der tausendjährigen Geschichte Ungarns eine Situation gibt, in der sich die Fähigkeiten der Menschen frei entfalten können. Am wenigsten hinderlich sollte sein, wenn jemand«, hier suchte er einen Moment nach dem passenden Ausdruck, »also wenn jemand aus einer besonderen sozialen Situation kommt. Die Kraft, die der Begabung Auftrieb gibt, heißt bei uns Sozialismus. Um es kurz zu machen – wenn du irgendwelche Probleme hast, kannst du immer mit meinem Rat und meiner Hilfe rechnen. In Ordnung?« Er beugte sich über den Sessel und hielt dem Schüler die rechte Hand hin, und dieser schlug ein.

»In Ordnung«, murmelte Gábor Kolozs, während er seine eiskalten Finger in der heißen Handfläche des Lehrers kaum spürte. Er hatte Angst, István Ludasi in die Augen zu schauen, und so streifte sein Blick auf der Suche nach einem Halt ein großes gerahmtes Photo. Ein bebrillter Mann sah ihn mit demselben offenen, freundlichen Blick wie Ludasi an. Sein Gesicht konnte das eines Arztes sein, aber vom Hals an abwärts erinnerte er eher an einen Soldaten. Er trug eine Uniformjacke mit einem transversalen Schulterriemen darüber. Die russische Inschrift unter dem Foto tat kund, daß dies der ›Vater der sowjetischen Pädagogik‹ war, ›Anton Semjonowitsch Makarenko (1888-1939)‹.

Nachdem der Direktor ihn verabschiedet hatte und er sich in den leeren Schulkorridoren herumdrückte, um die letzten Minuten von Feiths Geographiestunde zu überbrücken, wurde Gábor Kolozs plötzlich von dem irrealen Empfinden überwältigt, er habe jetzt nicht mit Ludasi, sondern mit dessen Vorbild Makarenko ein Gespräch gehabt. Auch mußte es Makarenko gewesen sein, der ihn mit dem bedeutungsschweren Schlußsatz verabschiedet hatte:

»Bitte richte deinem Vater aus, daß ich morgen abend um acht einen Elternbesuch bei euch machen möchte.«

Am nächsten Tag meldete sich die Mutter in Erwartung des für den Abend angekündigten hohen Besuchs bei ihrer Genossenschaft für diesen Tag ab unter dem Vorwand, sie sei krank. Am Vormittag, während der Vater im Kaufhaus seinen Aufzug bediente, scheuerte sie den Fußboden, putzte die Fenster spiegelblank, reinigte die Türklinken mit Sidol und klopfte den einzigen Teppich der Wohnung im Hof aus.

Um die Zeit, als der Vater aus dem Warenhaus und Gábor Kolozs aus der Schule zurückkam, heizte die Mutter den Achtzig-Liter-Kessel im Badezimmer auf. Einen Teil des heißen Wassers ließ sie in die Wanne laufen und nahm kaltes Wasser aus dem Hahn hinzu, bis das Badewasser für den als ersten in die Wanne steigenden Vater die richtige Temperatur hatte. Die kleine Badekammer war so von Dampfschwaden erfüllt, daß man kaum die Hand vor Augen sehen konnte. Die Mutter stellte eine Emailleschüssel mit warmem Wasser beiseite, und auf dem Hocker neben der Wanne hielt sie Shampoopulver bereit, das in einem Glas Wasser aufgelöst war. Sie wusch das Haar und den Rücken des Vaters, während sie unablässig stöhnte, schimpfte und ihr Schicksal verdammte, das sie in diese Familie gebracht hatte.

Mit dem zweiten Teil des im Kessel noch vorhandenen Wassers wusch sich Gábor Kolozs, und schließlich verbrauchte die Mutter das restliche Drittel. Dann öffnete sie das Fenster auf den Lichthof und ließ frische Luft in das Badezimmer hinein. Der Dampf verschwand, und nacheinander stellten sie sich vor den Spiegel, um sich zu kämmen.

Im Zimmer wartete schon auf dem Récamiersofa die Kleidung: Für den Vater der schwarze Anzug und ein frisches weißes Hemd, für Gábor Kolozs eine gut erhaltene hellgraue Trikothose und eine Holzfällerjacke mit Reißverschluß, die er unlängst vom Sozialausschuß der Jüdischen Gemeinde erhalten hatte.

Als weitaus komplizierter erwies es sich, für die Mutter die zum Anlaß passende Kleidung zu finden. Magdolna Kolozs stand fluchend vor dem einzigen Kleiderschrank, in dem sämtliche Textilien der Familie versammelt waren. Obwohl die Sachen, die Gábor und Dániel Kolozs gehörten, von der Unterhose bis zum Wintermantel nicht einmal die eine Hälfte des Schranks ausfüllten, die andere hingegen mit den Kleidern der Mutter vollgestopft war, brauchte sie sehr lange, bis sie etwas Entsprechendes gefunden hatte. Begleitet war die Suche von einem ihrer unvermeidlichen, wenn auch in diesem Fall etwas kürzer gefaßten und eher nachdenklichen als aufgeregten Monolog:

»Ich muß diese ganze verfluchte Mischpoche aushalten, und gleichzeitig habe ich keine einzige anständige Klamotte, mit der ich mich unter kultivierten Menschen sehen lassen könnte. Was, zum Teufel, soll ich bloß anziehen?« Sie breitete die einzelnen Kleidungsstücke auf dem Récamiersofa aus. »Diese Spitzenbluse ist zum fein Ausgehen, zu einem Ball oder ins Theater, und da kann man mit euch Banausen sowieso nicht hingehen, höchstens zu einer Betriebsfeier. Oder das graue kleine Kostüm? Das paßt doch nur für einen Gang zum Bezirksrat oder zum Wohnungsamt. Neulich hatte ich es an, als ich wegen diesem Nichtsnutz von Bengel bei diesem Arschloch von Klassenlehrer war. Oder soll ich den dunkelblauen Jumper mit dem schwarzen Rock anziehen? Ach nein, den ziehe ich lieber mal an, wenn wir irgendwo eingeladen sind. Falls wir mal irgendwo eingeladen sind.«

Schließlich wählte sie das graue Tweedkostüm, dekorierte es über dem Busen mit der giftgrünen Brosche, und während sie sich anzog, bemerkte sie noch: »So weit reichen unsere Einkünfte. Wenn das dem Direktor gefällt, dann in Ordnung, wenn nicht, dann tut es mir leid. Ich habe sowieso alles für den heutigen Abend getan.«

Sie hatte indessen noch mit mehreren Überraschungen aufzuwarten. Mitten auf dem Tisch standen frische Blumen in einem neuen Krug, ein Geschenk der Marktfrauen vom Klauzál-Platz direkt zu diesem außergewöhnlichen Anlaß. Aus der Küchenkredenz nahm die Mutter kleine Kuchen und Kekse sowie Himbeersirup und Sodawasser – allesamt aus der Konditorei ›Album des Lächelns‹ in der Dob-Straße. »Er soll nicht denken, daß wir nichts zu bieten haben«, bemerkte sie, während sie kurz vor der angekündigten Visite die Süßigkeiten auf den Tisch stellte.

Das ursprünglich für Oktober geplante, aber zu Ehren von Ludasi vorverlegte Großreinemachen wurde von der Mutter noch mit einigen sogenannten Vorsichtsmaßnahmen ergänzt. Sie suchte sorgfältig jeden Gegenstand, der einen Hinweis auf die konfessionelle Zugehörigkeit der Familie liefern konnte, und schaffte ihn beiseite. Dabei handelte es sich fast ausschließlich um Habseligkeiten des Vaters: Gebetsmantel und Gebetsriemen, die Kippa, eine Menorah, ein Gebetbuch auf Vaters Nachttisch, das Jüdische Lexikon im Bücherregal und sogar das unlängst bei einem staatlichen Verlag erschienene *Tagebuch der Anne Frank*.

Diese verräterischen Objekte versteckte sie mitsamt der Mesusa, die sie vom Türrahmen abgeschraubt hatte, im Kleiderschrank. »Niemandem binden wir auf die Nase, daß wir Juden sind«, sagte sie mit Blick auf den apathischen Vater, »dieses Thema solltet ihr in keinem Fall berühren. Dieser Ludasi ist nämlich ein wichtiger Kommunist.« Der Vater schaute sie traurig an, zuckte mit den Schultern und sagte: »Sowieso wird er es schon wissen. Und wenn er es nicht weiß, dann wird er es schon merken.«

Ludasi kam pünktlich um acht Uhr. Die Art und Weise, wie er nach zweimaligem leisem Klopfen in Anzug und Krawatte durch die Küchentür trat, den Blick forsch über die kümmerlichen Einrichtungsgegenstände schweifen ließ, dann zuerst dem Vater, anschließend der Mutter und schließlich dem Sohn die Hand gab, erinnerte Gábor Kolozs an einen offiziellen Staatsbesuch. In der Wochenschau im Kino sah er gelegentlich solche Männer mit elastischem Schritt und selbstsicherem Lächeln, nur wirkten diese in ihrem entsprechenden Umfeld – auf dem Flughafen, in der Montagehalle einer Fabrik oder auf der Bühne eines Kongreßsaales – wie zu Hause, während Ludasi sich hier zwischen diesen miserablen Möbelstücken ausnahm wie ein Eindringling vom Mars.

Gábor Kolozs konnte sich kaum vorstellen, wie und über welche Themen hier gesprochen werden sollte. Der Vater ließ im Tagesdurchschnitt zehn Wörter fallen, und ihm selbst als Halbwüchsigem ziemte es, im Beisein von Erwachsenen nur Fragen zu beantworten. So hielt er es für wahrscheinlich, daß die Stille von den schrecklichen Monologen der Mutter ausgefüllt werden würde. Schon bei dem bloßen Gedanken daran wäre Gábor Kolozs fast vor Scham im Boden versunken. Er sprach ein Stoßgebet, der Vater möge wenigstens an diesem einen Abend gelegentlich den Mund auftun, denn wenn er sprach, sagte er Gescheites, und sie würden sich vor Ludasi nicht blamieren.

3

Ungefähr eine Stunde lang hielt sich der Direktor bei ihnen auf, und das Gespräch verlief völlig reibungslos, so daß Gábor Kolozs sehr erleichtert war. Abweichend von ihrem gewohnten schrillen Ton sprach die Mutter in einem merkwürdig gurgelnden Singsang mit honigsüßem Sopran. Genosse Ludasi vorn, Genosse Direktor hinten – sie sah Mann und Sohn nicht ein einziges Mal an. Sie drängte Ludasi mit sanfter Gewalt Kuchen und Himbeersaft auf, zeigte sich entzückt von der außerordentlichen Ehre dieses Besuchs und mischte sogar ein wenig Politik in ihr liebliches Geläute. Sie sei, sagte sie, eine einfache werktätige Frau, aber den Weltfrieden, den liebe sie über alles. Deswegen freue sie sich wahnsinnig über die Amerika-Reise des Genossen Chruschtschow, denn am wichtigsten sei, daß es keinen Krieg gäbe. Und die Kinder heutzutage wüßten gar nicht, wieviel sie ihrem Staat und ihren Eltern verdankten. Nicht einmal bei diesem Satz streifte sie ihren Sohn mit einem Blick, sondern richtete ihre Aufmerksamkeit voll und ganz auf den Besucher.

Diesen Hosianna-Gesang empfand Gábor Kolozs als ebenso falsch wie das graue Tweedkostüm am knochigen Körper der Mutter mit der giftgrünen Herzbrosche über der linken Brust. Er beruhigte sich damit, daß Ludasi, der die Mutter in dieser Rolle kennenlernte, die Täuschung nicht merken würde.

Ohnehin interessierte sich Ludasi eher für den Vater. Gleich zu Beginn des Gesprächs fragte er ihn, was der Doktortitel vor seinem Namen zu bedeuten habe – ob sich ein Anwalt-, Ingenieur- oder Arztdiplom dahinter verberge. Der Vater hob seinen sanften Blick, atmete tief ein und formulierte mit sichtbarer Anstrengung seinen längsten Wortbeitrag während des letzten halben Jahres: »Ich bin Arzt, Herr Direktor, beziehungsweise ich war es. Leider praktiziere ich seit mehr als zehn Jahren nicht mehr.« Erst nachdem er diese Mitteilung gemacht hatte, fiel ihm auf, daß es möglicherweise einen gewissen Erklärungsbedarf für diesen Sachverhalt gab, und so ergänzte er: »Dank Hitler«. Daraufhin atmete die Mutter hörbar ein, den Blick starr aus dem Fenster gerichtet, so daß er schüchtern ergänzte: »Ich meine, wegen des Krieges.«

Ludasi schaute den Vater kurz an und sagte etwas unbeholfen, offensichtlich um ihn zu trösten, die barbarischen Untaten des Nazismus dürften niemals vergessen werden, damit nie wieder ein Mensch aufgrund seiner Abstammung zum Opfer einer Gewaltherrschaft werde.

Die Mutter sah, daß es höchste Zeit war, den Faden des Gesprächs wieder selbst in die Hand zu nehmen, lächelte Ludasi kokett an und sagte: »Wir haben keine Probleme, Genosse Direktor. Wir sind, wie gesagt, einfache Leute, aber ich sage: Wer sich hier beschwert, hier in Ungarn, der lügt und ist einfach ein Reaktionär. Und die vielen Dummköpfe, die emigrieren! Hier kann man doch leben, jeder, der arbeiten will und kein Tagedieb ist, besonders wenn er noch jung ist, wenn er bloß kein Rowdy wird, denn Rowdys haben wir genug. Und ich sage Ihnen, lieber Genosse Ludasi, alles ist in Ordnung, nur sollen sie dieses verfluchte Atom in Ruhe lassen und auch keinen neuen Krieg anfangen, mein armer Gatte ist daran zugrunde gegangen. Aber irgendwie kommen wir langsam klar, unsere einzige Sorge ist dieser Sohn.« Sie machte eine Handbewegung in Gábor Kolozs' Richtung, als wolle sie ein Huhn verscheuchen. »Er lernt nicht, um keinen Preis will er lernen, arme Lehrer, wieviel Mühe geben sie sich, vor allem der liebe Herr Klassenlehrer Feith. Das ist unser Kummer, aber was sollen wir tun, er ist doch unser Kind, wir tun alles für ihn, er müßte bloß lernen, von dieser Affäre im vorigen Schuljahr ist mein armer Gatte noch kränker geworden. Will der liebe Genosse Direktor nicht wenigstens diesen Apfelkuchen probieren? Bitte sehr!«

Ludasi versuchte die Mutter zu beruhigen: »Sie müssen nicht so schwarz sehen. Ihr Sohn hat gute Anlagen, und diese gilt es zu entfalten. Also breiten Sie den Schleier des Vergessens über die Vergangenheit – der Schüler weiß inzwischen ganz genau, was von ihm erwartet wird. Ich werde seine Entwicklung persönlich mit besonderer Aufmerksamkeit begleiten.« Und er sagte, er habe darüber bereits mit Gábor gesprochen, der jetzt völlig neu beginnen und noch in diesem Schuljahr die Reihen der Nachzügler verlassen werde, denn er, Ludasi, glaube an den Menschen, und vor allem glaube er an diesen Jungen hier. »Nicht wahr, Gábor, du wirst uns nicht enttäuschen«, sagte er und klopfte über den Tisch hinweg dem Jungen kräftig auf die linke Schulter. Der wurde rot bis über beide Ohren und hauchte ein leises »Nein«.

So ging der Abend ordentlich zu Ende, und die Mutter war sehr zufrieden, weil das Judentum über eine vage Anspielung hinaus nicht zum Thema geworden war. Ludasi verließ die Wohnung gegen neun Uhr. Draußen war es noch hell, aber die Mutter, vielleicht um das aufregende Gespräch mit einer symbolischen Geste abzuschließen, schaltete die Tischlampe ein. In dem plötzlichen Sechzig-Watt-Licht starrte sie erschrocken ihren Gatten Dr. Dániel Kolozs an. Dieser war mit schwarzem Anzug und weißem Hemd bekleidet, eine Ausstattung, die er sonst nur in der Synagoge trug. Offensichtlich hatte ihn deshalb beim Ankleiden der Gewohnheitsreflex ereilt, auch die dazugehörige Kappe aufzusetzen. Dániel Kolozs zuckte unter der Schärfe ihres Blicks zusammen, zog langsam die Kappe vom Kopf und legte sie in seinen Schoß.

4

»Der Makarenko unseres Bezirks« – dieses Attribut verband sich in den Fachkreisen des Schulwesens schon bald unzertrennlich mit dem Namen Ludasi. Es wurde mal mit schmeichelhafter Betonung, mal mit spöttischem Unterton ausgesprochen, je nachdem, ob es von Freunden oder Gegnern, Bewunderern oder Neidern in den Mund genommen wurde. Auf pädagogischen Konferenzen, Weiterbildungsseminaren oder Parteiversammlungen erntete Ludasi unaufhörlich Erfolg mit seinen Beiträgen, die er mit fein dosierten ironischen Ketzereien und kritischen Bemerkungen gegenüber der Obrigkeit spickte. Er war ein eindrucksvoller Redner und untermauerte seine Argumente stets mit aphorismusähnlichen knappen Sätzen von Marx, Engels, Lenin und selbstverständlich von Makarenko. All diese Zitate klangen, als seien sie von den Klassikern ausgerechnet für die gegebene Situation erfunden worden.

Noch überzeugender als andere rhetorische Fähigkeiten wirkten seine Lieblingswörter ›wir‹, ›uns‹, ›für uns‹, ›gegen uns‹, die er in seinen Beiträgen konsequent verwendete. Mit diesem Kunstgriff gelang es ihm, die jeweilige Zuhörerschaft in den Kontext seiner Gedanken einzubeziehen. Seine Kritik wirkte durch dieses ›Wir‹ mindestens teilweise als Selbstkritik, und außerdem suggerierte er durch die erste Person Plural, daß die Autorität des Staates und der Gesellschaft dieselbe sei. Gleichzeitig ließ er keinen Zweifel darüber aufkommen, daß mit dem ›Wir‹ auch er selbst gemeint war, ein gutgekleideter, gepflegter Mann mit elastischem Schritt und funkelnden Augen, eine Verkörperung des wiederhergestellten Selbstbewußtseins der Kommunisten, das infolge der Ereignisse vom Oktober 1956 so schweren Schaden genommen hatte.

Ludasi war seiner Rolle gewachsen, weil er gleichzeitig glauben und zweifeln konnte. Seinem Glauben an die Zielsetzungen vermochte er seine Skepsis in Bezug auf die anzuwendenden Mittel unterzuordnen. So glaubte er zum Beispiel, daß der Sozialismus in Ungarn aufgebaut werden mußte, hegte jedoch keinen Zweifel daran, daß dieses Vorhaben mit dem zur Verfügung stehenden Menschenmaterial kaum zu bewältigen sein würde. Um dies zu begreifen, reichte es seiner Meinung nach, einen flüchtigen Blick auf das Unterrichtswesen des Landes zu werfen, das sich offiziell als sozialistisch bezeichnete. Jedesmal, wenn er an die Kluft zwischen den hohen Idealen und der prosaischen Wirklichkeit dachte oder darauf zu sprechen kam, war er nahe daran zu resignieren, obwohl sein Optimismus im Grunde unerschütterlich war.

Makarenko hatte es damals leichter, dachte Ludasi auf dem Rückweg nach dem Besuch bei der Familie Kolozs. Es war ein lauwarmer Spätsommerabend, auf dem ›Platz des 7. November‹ gingen gerade die neuen modernen Peitschenlampen an, und die Fassade des Hauses gegenüber dem Café ›Abbázia‹ war illuminiert mit der Werbung der Staatlichen Versicherungen: »Versicherung = Sicherheit«. Im Schaufenster der ›Elektrowaren‹ wurden Tesla-Tonbandgeräte und ›Frühling‹-Fernsehgeräte angeboten. Im Filmtheater ›Künstler‹ spielte man die neue Kinokomödie ›Trautes Heim‹, aus einem Fenster im zweiten Stock tönte die populäre Schlagerschnulze von Irén Psota: »Das Schicksal eines altmodischen Mädchens ist so schwer.« Der Leninring glänzte mit seinen restaurierten Häusern und neuen Geschäften, an denen die Passanten entlangflanierten – ein Bild des Friedens und des geordneten Lebens. Nichts verriet, daß hier noch vor drei Jahren Panzer rollten, die Luft von Detonationen zitterte und auf den herausgerissenen Pflastersteinen überall Tote lagen.

Ludasi schätzte die wiederhergestellte Ordnung und dachte mit Respekt an jene, die mit Waffengewalt für den Erhalt der Gesellschaft und des Staates gekämpft hatten. Gleichzeitig hatte er Sorge, ob nicht vielleicht diese konsolidierte Welt mit ihren angenehmen Seiten die Gesellschaft aufweichen würde und aus der lauwarmen kleinbürgerlichen Idylle plötzlich jede Vorstellung von einer kommunistischen Zukunft entschwinden könnte.

Makarenko hatte es damals leichter, dachte Ludasi. Er versammelte herumvagabundierende, teilweise kriminelle Halbwüchsige um sich, und mit ihnen schuf er eine Art Gemeinwesen, auf dessen kollektivistische Kraft er sich stützen konnte. Auch das Umfeld war damals völlig anders: Ein vom Bürgerkrieg zerrüttetes, wirtschaftlich darniederliegendes, vom Ausland bedrohtes und international isoliertes Sowjetrußland, geprägt von hoffnungsloser Armut, Analphabetismus und einem insgesamt sehr niedrigen Bildungsniveau. Aber eben dieses schreckliche Elend und die überall präsente Lebensgefahr boten die Lösung an. Ebenso wie Makarenkos Waisenkinder, die Besprisornikis, nur im Kollektiv ihre Rettung fanden, so konnte auch das Land nur über radikale soziale Umwälzungen einen Ausweg aus der Selbstvernichtung finden.

In Ungarn hingegen verhungerte niemand, die Verhältnisse waren geordnet, aber bei den Menschen und vor allem bei den Jugendlichen fehlten Begeisterung, Kreativität und die Bereitschaft zur Initiative. Woher hätten solche Merkmale auch kommen können? Abgehetzte, unterbezahlte, meist noch zu Zeiten des alten Regimes ausgebildete Lehrer unterrichteten in Schulklassen mit durchschnittlich vierzig Schülern, die kaum zu bändigen waren. Wer konnte unter solchen Bedingungen an eine differenzierte personenbezogene Erziehung oder gar an die Förderung besonderer Fähigkeiten denken?

Es ist zum Beispiel klar, dachte Ludasi, daß man sich mit Gábor Kolozs individuell beschäftigen muß. Die heutige Schule tut solche Kinder einfach als schlechte Schüler ab und verzichtet auf sie. Ludasi mußte sich ein wenig beschämt eingestehen, daß auch er den Jungen nicht wahrgenommen hätte, wenn nicht sein hervorragender Auftritt bei der Schuljahreseröffnung gewesen wäre. Aber sogar das perfekte Solo war ein Ergebnis des Zufalls, ein Zufallstreffer dieses Katholiken Paulik, vor dem man ihn im Ministerium nachdrücklich gewarnt hatte. Es mochte sein, daß Paulik ein unzuverlässiges Element, ein Reaktionär oder gar Konterrevolutionär war, aber seine Menschenkenntnis war offensichtlich besser als die von manchen zuverlässigen Genossen in der Lehrerschaft.

Armer Anton Semjonowitsch! hörte der Direktor seinen eigenen Stoßseufzer, als er zu Hause, über den Schreibtisch gebeugt, in einem Band mit Aufsätzen des Klassikers der sowjetischen Erziehungswissenschaft blätterte. Du schmiedest

Tag und Nacht am Neuen Menschen, und am Ende hast du dir selbst einen Herzinfarkt zusammengeschmiedet. So werden wir nie mehr erfahren, was du mit einem Gábor Kolozs angefangen hättest. Das Büchlein aus der Schriftenreihe ›Kleine Bibliothek des Lehrers‹ war voll mit Notizzetteln, und an den Seitenrändern wimmelte es von Ausrufezeichen und Randnotizen, die mit Bleistift eingetragen waren. Ludasi konnte den Inhalt fast auswendig. Trotzdem war er bei jedem Lesen aufs neue von Makarenko überrascht – mal von seinem hohen wissenschaftlichen Anspruch, mal von seiner tiefen Menschenliebe, mal von seinem Scharfsinn.

Es war zum Beispiel fesselnd, was er über Individuen mit traumatisiertem Bewußtsein oder, wie er es nannte, defektive Persönlichkeiten schrieb: »Das allgemeine Bild des verwilderten traumatisierten Bewußtseins läßt sich nicht über Begriffe definieren, die man aus nur einem bestimmten Gebiet des Lebens nimmt. Das Trauma des Bewußtseins ist nicht einfach eine technische Defektivität des Individuums, sondern eine Defektivität bestimmter sozialer Komponenten, sozialer Bezüge ... Diese Defektivität äußert sich darin, daß das Individuum unnatürlich wenig über die Gesellschaft weiß. Infolgedessen bilden seine konfliktuösen Berührungen mit der Wirklichkeit eine derart dichte undurchdringliche Masse, daß man sie kaum auf dem Evolutionswege durchbrechen kann.«

Diese Beschreibung paßte haargenau zu Gábor Kolozs und zu seinem heute abend kennengelernten unmittelbaren Umfeld. Der Junge lebte in einer Wirklichkeit außerhalb der Gesellschaft – beziehungsweise es waren seine beiden Eltern, die für ihn die Gesellschaft verkörperten. Diese wiederum waren Vertreter des an die Peripherie der Gesellschaft geratenen Kleinbürgertums. Der Vater psychisch belastet, kaum imstande, einen vollständigen Satz herauszubringen, die Mutter eine tyrannische, hysterische Person – wunderbares Konfliktpotential auf armselig wenigen Quadratmetern. Ein wahrhaft idyllisches Familienleben, das diesem Jungen geboten wurde.

Gegenüber diesem bedrückenden, reizarmen Umfeld konnte die Schule Gábor Kolozs keine Unterstützung bieten. Der Junge mußte vielmehr die Schule, den Unterricht und das Klassenkollektiv als alltägliche Bedrohung erleben. Das sogenannte Kollektiv war in dieser Klasse ohnehin eine Fiktion: Die Zöglinge der II a waren aus vier verschiedenen Knabenschulen des Bezirks zusammengewürfelt, und aus dieser Mixtur hatte Feith bisher keine einigermaßen homogene Einheit geschaffen, so daß die Schüler aus verschiedenen Herkunftsschulen bis heute verfeindete Cliquen bildeten. Nur insgesamt vier Schüler dieser Klasse waren Mitglieder des Kommunistischen Jugendverbands.

Kein Wunder, daß Gábor Kolozs in dieser Situation durch nichts zu besseren Leistungen stimuliert, geschweige denn zur Entfaltung seiner Fähigkeiten bewegt werden konnte. Während des Gesprächs im Direktorzimmer schien das dünne und kleinwüchsige Kind in dem Sessel, den ihm Ludasi angeboten hatte, beinahe zu verschwinden. Auf das Kompliment, der Sologesang sei der Glanzpunkt der Schuljahreseröffnung gewesen, hatte der Junge mit gezwungenem Lächeln reagiert, und auf Ludasis Fragen hatte er vor allem mit Ja oder Nein geantwortet.

Makarenko, so sinnierte der Pädagoge weiter, war der eindeutigen Meinung – ganz im Unterschied zur bürgerlichen Erziehungswissenschaft –, daß man solche traumatisierten Seelen in keinem Fall der Logik der eigenen Entwicklung überlassen dürfe. Diese Art der Evolution würde die defektive Haltung nur bestätigen. In solchen Fällen, sagt Makarenko, muß man vielmehr eine Konfliktsituation schaffen, in der das Individuum vor die Wahl gestellt wird: Entweder es öffnet sich gegenüber dem Kollektiv, oder es stürzt in eine noch tiefere Einsamkeit. Diese auch von ihm selbst als riskant bezeichnete Technik nennt Makarenko die »Sprengung der Persönlichkeitsstruktur«.

Im Fall des Gábor Kolozs, so zog Direktor Ludasi die Konsequenz, kann die Sprengung nur auf das Ziel gerichtet sein, ihn aus dem Familienbann herauszulösen, der ihn wie ein Morast gefangenhält. Allerdings hatte man im Knabengymnasium ›Benedek Virág‹ kein fortschrittliches kommunistisches Jugendkollektiv zur Verfügung, das auch nur entfernt mit der Kolonie ›Maxim Gorki‹ in Poltava vergleichbar war. So mußte in diesem Fall der kommunistische Pädagoge die Rolle des Rezipienten übernehmen, der die Sprengung initiiert – und der kommunistische Pädagoge bin ich, dachte Ludasi.

Man durfte jedoch nicht mit der Tür ins Haus fallen. Im ersten Schritt mußte Kolozs stimuliert und ermutigt werden, damit sein Ich klare Konturen erhielt. Was ich für ihn tue, das tue ich für die sozialistische Erziehung, dachte Ludasi. Ich werde beweisen, daß unsere Idee zur Menschenbildung ausreicht, auch wenn kein idealtypisches Kollektiv vorhanden ist.

Bei diesem Gedanken spürte Ludasi ein leichtes Frösteln, und er nahm wahr, daß seine zwischen den Seiten des Makarenko-Buches herumblätternden Finger eiskalt waren. Es war bereits zwei Uhr morgens, und erst jetzt bemerkte er, daß er auch heute, wie es seit Juli seine Gewohnheit war, bei offenem Fenster gearbeitet hatte und daß draußen im Hof des Gymnasiums ein frischer kühler Wind wehte.

5

Am meisten dachte Gábor Kolozs in diesem Herbst über Gott nach, während er mit dem Henkelmann zur Jüdischen Gemeinde und von dort nach Hause in die Klauzál-Straße unterwegs war. Wie ist es möglich, fragte er sich, mit Gott in persönlichen Kontakt zu treten, damit man ihm ehrlich sagen kann: Es kann sein, daß er im allgemeinen gerecht ist. Aber weiß er wenigstens, warum er etwas tut oder läßt oder duldet auf diesem von ihm erschaffenen Erdklumpen? Zum Beispiel im Falle des Vaters ist die Ungerechtigkeit dermaßen offensichtlich, daß man Gottes Aufmerksamkeit darauf lenken muß, weil er sich womöglich nicht direkt darüber informiert hat oder von bösen Kräften irregeleitet wird. Wenn es dazu die Möglichkeit geben sollte, dann würde er, Gábor Kolozs, jederzeit bezeugen, daß der Vater ein guter Mensch ist und dieses Leid nicht verdient hat. Es ist ungerecht, daß er einen Aufzug bedienen muß, während er als Arzt arbeiten könnte, der andere Menschen heilt. Zum Beispiel könnte er Kopfschmerzen heilen, statt selbst darunter zu leiden.

Überhaupt: Wozu gab es zum Beispiel Kopfschmerzen? Wozu gab es Krankheiten, wozu Kriege, Ghettos, Mauthausen, wozu das ganze Elend, das man nachträglich mit einem kostenlosen Mittagstisch abschwächen wollte? Wenn irgendein Wesen schon die Fähigkeit hatte, eine ganze Welt zu erschaffen – wäre es dann nicht für alle Beteiligten angenehmer gewesen, gleich ein perfektes Werk abzuliefern? Wenn das Gute gut ist und das Böse böse, was hinderte dann Gott daran, das eine emporzuheben und das andere niederzumachen? Warum ist das, was tatsächlich geschieht, so oft das Gegenteil davon?

All diese ungeduldigen und anmaßenden Fragen berührten nicht im geringsten die Grundüberzeugung von Gábor Kolozs, daß es einen Gott gibt, Vater im Himmel, dem wir in Gehorsam und kindlicher Hingabe dienen müssen. Und obwohl er einige Argumente, die Ludasi im Unterrichtsfach ›Grundlagen unserer Weltanschauung‹ vorgetragen hatte, durchaus zutreffend fand, konnte er damit im Kern nicht einverstanden sein. Sicherlich hatte Ludasi zum Beispiel recht, wenn er behauptete, die Religion werde von den herrschenden Klassen zur Niederhaltung der Unterdrückten mißbraucht. Man vertröste die Armen mit dem Leben im Jenseits, damit sie sich nicht gegen ihr irdisches Schicksal auflehnten. Ob jedoch die herrschenden Klassen eben zu diesem Zweck Gott und die Religion eigens erfunden hatten? Völlig ausgeschlossen. Selbst Ludasi behauptete, daß es in der Urgesellschaft weder Unterdrückung noch Ausbeutung gegeben hatte. Adam und Eva lebten in dieser Hinsicht im Kommunismus, aber keiner von beiden war Atheist.

Und wenn wir schon beim Kommunismus sind, stritt sich Gábor Kolozs innerlich weiter mit dem Direktor, so ist das auch so ein schönes Versprechen wie das der Pfarrer vom Leben im Paradies. Das glaube ich alles erst, wenn ich es sehe und erlebe. Es ist kein Zufall, daß der weltanschauliche Unterricht nur ›versuchsweise‹ stattfindet und daß man sich nicht einmal traut, Noten zu verteilen. Und Karl Marx behauptet einfach, die Religion sei Opium fürs Volk! Großartig, einfach Opium! Und der arme Vater hat noch nichts davon gemerkt! Denn wenn seine Migräne kommt, nützt eine schäbige Demalgon-Tablette mehr als zehn Opium-Gebete.

Ab und zu spielte Gábor Kolozs mit dem Gedanken, sich einmal während der Stunde ›Grundlagen unserer Weltanschauung‹ zu melden und diese quälenden Fragen zur Diskussion zu stellen. Schließlich saßen fünfundvierzig Schüler da, die alle miteinander vielleicht klüger waren als einer allein. Er fürchtete sich jedoch vor dem Spott der Mitschüler. Sie waren häufig mit ganz anderen Themen beschäftigt als er – mit Fußball, Jazz oder nackten Frauen. Außerdem war die Negierung der Existenz Gottes nicht einfach eine von mehreren möglichen Ansichten, sondern die offizielle staatliche Sichtweise. Wer weiß – wenn er, Gábor Kolozs, plötzlich öffentlich die Existenz Gottes verkünden würde, dann käme vielleicht der bisher so tolerante Ludasi doch noch auf die Idee, Zensuren zu verteilen.

Fragen hatte Gábor Kolozs also reichlich, aber er wußte nicht, an wen er sie richten sollte. Auch die ihm zugänglichen Bücher gaben diesbezüglich nur äußerst spärliche Auskünfte. Ein Lexikon teilte ihm unter dem mit kleinem Anfangsbuchstaben beginnenden Stichwort ›gott‹ mit, daß dieses »der Grundbegriff jeder religiösen Weltanschauung und ein mutmaßliches mystisches Wesen« sei, »dem eine übermenschliche Kraft zugeschrieben wird«. Aber von wem Gott eine derartige Kraft zugeschrieben wurde und ob diese Mutmaßung eine reale Grundlage hatte, davon stand kein Sterbenswort in dem Buch. Einer anderen Enzyklopädie zufolge war Gott »laut dem Glauben der Christen, Mohammedaner und Juden Herr,

Schöpfer und Beschützer der Welt, die vollkommenste Persönlichkeit«. Dieses Stichwort enhielt nicht den geringsten Hinweis darauf, worin die Anhänger der unterschiedlichen Religionen die Charakterzüge dieser – vielleicht nur fälschlicherweise unterstellten – göttlichen Vollkommenheit sehen. Hingegen wimmelte es in den Wörterbüchern von Wortbildungen wie ›Gottesurteil‹, ›göttlich‹ oder ›gottverlassen‹, die mit dem Schöpfer nur indirekt zu tun hatten.

Als Literatur zum Thema erwähnten die Handbücher das Werk *Über den Gottesglauben* von Pawjolkin oder *Entstehen, Leben und Sterben der Götter* von Jaroslawski. Diese Bücher waren in der Bezirksfiliale der Bibliothek ›Ervin Szabó‹ frei zugänglich, aber als Gábor Kolozs in ihnen blätterte, mußte er nach einigen Seiten einsehen, daß es sich nicht lohnte, dieser Spur nachzugehen. Pawjolkin und Jaroslawski wollten nämlich dem Leser nicht in Richtung Glauben, sondern in Richtung Gottesleugnung den Weg weisen. Immerhin konnte man den Werken der beiden Koryphäen des sowjetischen Atheismus entnehmen, daß man sich an die von ihnen bespöttelte Bibel halten solle, wenn man mehr wissen wolle.

Der Vater hatte eine Bibel zu Hause, und Gábor Kolozs versuchte einige Abende lang, darin zu lesen. Er kam bis zum Zweiten Buch Mose, aber dann ging ihm aufgrund der antiquierten Sprache die Geduld aus. Von den Fragen, die ihn interessierten, hatte er nur die geklärt, daß vor der Schöpfung »Gottes Geist über den Wassern schwebte«, aber eine konkretere Ortsangabe beinhaltete das Buch der Bücher nicht.

Ludasi kam einmal im Rahmen der ›Grundlagen unserer Weltanschauung‹ darauf zu sprechen, daß die Theologen des Mittelalters ernsthafte Anstrengungen unternommen hatten, den Gottesglauben theoretisch zu begründen. In diesem Zusammenhang wies er auf den heiligen Thomas von Aquin hin, der angeblich mehrere Beweise der Existenz Gottes zusammengetragen hatte – selbstverständlich allesamt logischer Unfug, ganz im Geiste der bereits früher erwähnten volksfeindlichen Machinationen der herrschenden Klasse.

Immerhin! dachte sich Gábor Kolozs. Thomas von Aquin – das ist mein Mann! Wenn er tatsächlich über Beweise verfügt, dann findet man bei ihm vielleicht auch den Gegenstand der Beweise. Am selben Nachmittag, nachdem der Vater unter dem Einfluß seines Schlafmittels entschlummert war, ging er in die Ervin-Szabó-Zentralbibliothek in der Baross-Straße.

Er fühlte, daß das Thema heikel war und suchte daher zunächst selbst im Autorenkatalog. Gleich nach dem Stichwort ›Apáczai‹ fand er ›Arany‹. Dann suchte er unter dem Stichwort ›Heiliger‹ und entdeckte zwei ungarische Könige, István und László, wobei unter den Namen ein Pfeil darauf hinwies, daß sie unter ihrem Vornamen zu finden wären. Daß er den Theologen ebenfalls unter seinem Vornamen finden würde, hielt Gábor Kolozs für schier unwahrscheinlich.

Durch sein aufgeregtes Herumblättern wurde eine ältere Bibliothekarin auf ihn aufmerksam. »Was suchst du da?« fragte sie freundlich. »Gottesbeweise«, antwortete Gábor Kolozs ängstlich und errötete, als hätte er etwas Ungehöriges, wenn nicht Obszönes gesagt. »Was?« Die Bibliothekarin erschrak und sah sich vorsichtig um. »Ich suche Beweise, daß es Gott gibt«, sagte der Junge, noch mehr verunsichert. »Ein Theologe namens Thomas hat sie angeblich gefunden. Mit Familiennamen hieß er ›von Aquin‹. Und er soll ein Heiliger gewesen sein.«

In den Augen der Bibliothekarin sah er eine plötzliche Wärme. »Na komm, Junge, es wird nicht leicht, aber wir finden schon was.« Sie führte Gábor Kolozs zum Stichwortkatalog. Dort fanden sie einen Zettel mit der Bezeichnung: »Thomas, von Aquin, Heiliger« und wieder ein Hinweis: »Siehe Thomismus unter klerikale und andere reaktionäre Theorien«. Unter dieser Bezeichnung gab es endlich die Auflistung der Werke in einer Ausgabe aus dem vorigen Jahrhundert, allerdings mit einem fetten ›VS‹-Stempel auf dem Suchzettel.

»Siehst du!« sagte die Bibliothekarin. »VS heißt Verschlußsache. Ich kann dir nicht helfen. Man braucht eine Sondergenehmigung. Was willst du mit diesen Büchern?«

»Ich brauche sie als Beleg!« antwortete Gábor Kolozs bestimmt. »Ich muß einfach wissen, ob es einen Gott gibt.«

»Wieso ›ob‹? Er ist überall anwesend! Vor allem in dir. Und dafür brauchst du keinen Beleg. Gott existiert, und das weiß jeder. Selbst sie wissen es«, und die Bibliothekarin nickte dem Stempel »VS« zu. »Aber sie wollen es verheimlichen. Gott segne dich, mein Junge.«

Obwohl er die netten Worte der Bibliothekarin sehr angenehm fand, fühlte sich Gábor Kolozs betrogen. Ein Schmarren ist das, dachte er. Diese Scheinklugheiten wie »überall« oder »in dir« sind nichts weiter als eine Umgehung des Problems. Meine Frage ist auch nicht unbedingt, ob es einen Gott gibt, sondern eher, wie man mit ihm in direkte Verbindung kommen kann.

Zuerst probierte er es mit Beten. Am zweiten Tag des Jom Kippur verließ er unbemerkt die Bankreihen in der Synagoge an der Bethlen-Straße, zog sich an den Rand des Gebetssaals zurück, wandte sich der Wand zu und sprach leise sein zuvor formuliertes Gebet: »Mein Herr, Jahwe, Adonaj, Elajchenü, ich habe eine einzige Bitte an dich: Gib mir ein Zeichen, daß du bereit bist, mit mir wenigstens fünf Minuten unter vier Augen zu reden.« Während er diese Worte flüsterte, schloß er die Augen, hielt den Atem an und wartete, ob Gott sich rühren würde. Vor lauter Konzentration fiel er beinahe in Ohnmacht, aber als er wieder zu atmen begann, hörte er nur den Gesang des Chores und das Johlen der Gläubigen. Er sah auch nichts weiter als die Juden in ihren Talis, in der Mitte den Thoraschrein und davor den bebrillten dicken Oberrabiner Havas.

Dann fiel ihm ein, daß möglicherweise mit der Form der Ansprache irgend etwas nicht in Ordnung war. Zum Beispiel gab es keine Garantie, daß der Schöpfer einzig und allein auf die Namen hört, mit denen ihn die israelitische Konfession bezeichnet. Vielleicht war auch die Wahl des Ortes falsch. Wenn Gott der Vater aller menschlicher Wesen ist, warum sollte er dann unbedingt in einer Synagoge und dann auch noch zufällig in der Synagoge am Bethlen-Platz zu finden sein? Gábor Kolozs probierte in der nächsten Woche noch drei weitere Synagogen aus: In der Dohány-Straße, in der Hegedüs-Gyula-Straße und in der Obudaer Lajos-Straße. Nirgendwo bekam er ein Zeichen.

Dann ging er, einen Irrtum riskierend, in die Basilika, in die Lutherische Kirchengemeinde am Deák-Platz und in den Gebetssaal der Unitarier in der Alkotmány-Straße. Hier, an diesen christlichen Orten, sprach er den Herrn im Himmel etwas vorsichtiger an: »Mein Schöpfer, egal wer du bist oder welche Konfession du bevorzugst, ich bitte dich, mit mir fünf Minuten lang zu sprechen. Wenn nicht, dann solltest du zumindest erklären, warum du nicht bereit bist, vor mir zu erscheinen. Eine solche Geste würde mir wenigstens zeigen, daß es dich gibt.«

Als Gábor Kolozs merkte, daß das gesprochene Wort keinerlei Wirkung zeigte, schrieb er diese Worte fünfzigmal auf und ließ die Zettel in den unterschiedlichsten Kirchen, die am Nachmittag alle leer standen, herumliegen, und zwar immer in der Nähe des Altars oder der Kanzel.

Und er wartete auf Antwort.

6

»Pista, du lebst in den Wolken«, sagte gelegentlich Ibolyka zu ihrem Mann, und in diesem Satz lag all ihre Bewunderung und Angst. Sie liebte diesen schönen Mann mit seiner hohen Stirn und den klaren Augen, und gleichzeitig war ihr bange um ihn. Sie wußte, daß István Ludasi viel klüger und belesener war als sie selbst, und manchmal konnte sie seinen komplizierten, am Marxismus-Leninismus geschulten Gedankengängen nicht folgen. Ebenso sicher wußte sie jedoch, daß ihr Mann in mancherlei Hinsicht kindlich naiv, ungeschützt und auf ihre realistischere Sicht der Dinge angewiesen war. Männer, dachte Ibolyka, leben meist geistig an Sonn- und Feiertagen, aber sie brauchen diejenigen, die aus dem Dienstag Mittwoch und aus dem Donnerstag Freitag machen – und das sind gewöhnlich die Frauen.

Betrachten wir doch mal, dachte sie, die fortschrittlichste aller Weltanschauungen. Auch Ibolyka war eine Anhängerin der bestehenden Ordnung. Was kann man eigentlich vertreten, wenn nicht den Sozialismus? Abgesehen davon liegt Ungarn dort, wo es liegt, von diesem Gesichtspunkt aus ist die Geschichte nichts als komprimierte Geographie, und nur Dummköpfe können auf die UNO-Truppen hoffen. Hier wird also am Sozialismus gebaut. Der Sozialismus ist im Grunde eine gute Sache. Es ist eine andere Frage, daß auch diese gute Sache von Menschen gemacht wird. Und Menschen lassen sich vor allem von ihren Interessen leiten, die Überzeugung ist für die Mehrheit ein zweitrangiger Faktor. Und auch Kommunisten sind nur Menschen – eine Tatsache, die Pista noch nie so richtig begriffen hat.

Ibolyka unterrichtete in einem Technikum ungarische Literatur und Geschichte. Die Arbeiterkinder, denen sie ihren Gegenstand nahezubringen suchte, waren demgegenüber passiv und fast völlig gleichgültig. Die Klasse, deren Klassenlehrerin sie war, würde im nächsten Mai das Abitur machen, und aus der ganzen Klasse wollten nur zwei Schüler an einer Universität studieren: Der Sohn eines ehemaligen technischen Offiziers der Horthy-Armee und ein Jude. Die Mitglieder des Lehrkörpers zitterten einmütig vor dem Direktor und waren bereit, all seinen Kapricen nachzugeben.

Außerdem gibt es nicht nur Politik auf der Welt, dachte Ibolyka, beziehungsweise Politik ist niemals nur reine Politik. Zum Beispiel ihr jüngerer Bruder Laci. Laci war im Oktober 1956 zu seinem Pech in den Revolutionsausschuß der Lampenfabrik gewählt worden, und jetzt saß er im Knast. Vielleicht hätte er gar nicht sitzen müssen, wenn er sich rechtzeitig besonnen hätte. Wenigstens im Verhör hätte er Reue zeigen und den Aufstand nicht als Revolution, sondern als Konterrevolution bezeichnen können. Er aber wollte es ganz genau wissen und schlug dem Faß den Boden aus, als er zu Protokoll gab, für ihn seien die Ereignisse im Oktober 1956 nicht nur eine Revolution, sondern außerdem sogar ein Freiheitskrieg gewesen. Als ob das nicht ohnehin schon egal war, zumindest was das Ergebnis des Prozesses betraf. Fünf Jahre Knast für ein Wort – typisch Mann, dachte Ibolyka. Und die arme Julia mußte nun die beiden Kleinen allein großziehen, nur hin und wieder unterstützt mit ein bißchen Geld, das Ibolyka ihr zusteckte.

Pista hingegen hielt die Ereignisse des Oktober sechsundfünfzig für eine Konterrevolution, wie es von einem Genossen erwartet wurde. Ibolyka fragte sich, ob ihm eigentlich bewußt war, daß Laci seine Kaderakte befleckte – egal was er trieb, er war und blieb der Schwager eines Konterrevolutionärs. Diese Sache konnte bei passender Gelegenheit gegen ihn verwendet werden.

Eben deswegen wäre es ratsam, dachte Ibolyka, wenn Pista mehr aufpassen würde. Diese ketzerischen Bemerkungen auf Konferenzen, dieses ständige Zitieren aus Marx und Makarenko konnte ihm eines Tages zum Verhängnis werden. Und dann noch diese Sache mit Gábor Kolozs. Die Idee war ja nicht schlecht: Pista wollte mit der Kraft der Idee aus einem schlechten Schüler den Klassenbesten machen. Wenn dies gelang, war Pistas Karriere vermutlich unaufhaltsam. Aber wenn er einen Mißerfolg produzierte, dann würden sie ihm alles aufs Butterbrot schmieren, was sie ihm schon immer übelgenommen hatten, und auch der Schwager würde plötzlich eine Rolle spielen. Und dann käme der große Absturz, und sicherlich müßten sie dann auch diese Dienstwohnung verlassen, die nach so vielen Jahren zur Untermiete und in Notunterkünften ihr erstes richtiges Zuhause war.

7

Direktor Ludasi fand es merkwürdig, daß Makarenko, wenigstens in den für ungarische Leser zugänglichen Arbeiten, kaum etwas über das Phänomen des schlechten Schülers aussagt.

Wenigstens merkt er an einer Stelle an, man könne den schulischen Erfolg nicht durch Befehle erzwingen, und er empfiehlt sogar, schwache Schüler zunächst eine Weile in Ruhe zu lassen. So etwas sagt er als Gegner jeglicher Evolutionstheorie in anderen Fragen niemals.

Was ist der Grund dafür? grübelte Ludasi Anfang Oktober auf einer besonders langweiligen pädagogischen Tagung, während er scheinbar mit lebendiger Aufmerksamkeit jedem Wort des Redners folgte. Eine der möglichen Erklärungen lag darin, daß Makarenko es mit besonderem Menschenmaterial zu tun hatte: Von den Besprisornikis, diesen verwilderten und teilweise kriminellen Kindern, konnte man keine herausragenden geistigen Leistungen erwarten. Es war bereits großartig, wenn sie aufhörten zu klauen, Gewalt auszuüben oder zu lügen und sich schließlich der Disziplin des Kollektivs unterwarfen.

Es gab jedoch noch eine andere, eher unbequeme Erklärung, dachte Ludasi, während er zusammen mit den anderen Kongreßteilnehmern mechanisch dem Redner applaudierte, der soeben das Ende seines Referats erreicht hatte. Vielleicht steckt der Fehler in unserem jetzigen Leistungssystem, darin, daß wir um jeden Preis und bei jedem Schüler gute Noten erreichen wollen – als könnte ein Gymnasiast mit durchschnittlichem Lernerfolg im Prinzip nicht ein besserer Mensch sein als einer mit ausgezeichneten Leistungen. Der schlechte Schüler erlebt seine Lernschwäche wie eine Ursünde, einen irreparablen Charakterfehler, und er wird durch nichts dazu ermuntert, seine womöglich versteckten Fähigkeiten bewußt zu entfalten.

Makarenko zu diesem Thema: »Die Prämierung hatte in der Dzierzynski-Kommune drei Stufen: Geschenk, Geldprämie und als höchste Auszeichnung das Zum-Ausdruck-Bringen der Anerkennung im Rahmen des Tagesbefehls, wozu sich die ganze Kommune in Kolonnen aufreihte. Nun, für diese Anerkennung im Tagesbefehl, die mit keinerlei Geschenk oder materiellem Vorteil verbunden war, wetteiferten die besten

Truppen der Erziehungsanstalt. Denn an jenem Tag zogen alle Zöglinge ihren Ausgehanzug mit weißem Kragen an und bauten sich in Reihen, in militärischer Ordnung auf. Das Orchester marschierte ein, es ertönte der Befehl: ›Habt acht!‹ Die Fahne wird herausgeholt, das Orchester bläst ein Signal, und ich trete mit demjenigen hervor, dem wir an dem Tag unsere Anerkennung aussprechen wollen. Und es wird der Tagesbefehl vorgelesen: ›Im Sinn des Beschlusses der Hauptversammlung unserer Kommune bringen wir XY unsere Anerkennung für dies und das zum Ausdruck.‹ Dies ist die höchste Auszeichnung.«

Nun, dachte Ludasi weiter, während er zum Schein in seinen Notizen blätterte, wenn wir von diesen Worten das besondere Pathos der dreißiger Jahre abziehen und außerdem die durchaus abweichenden Bedingungen des heutigen Ungarn berücksichtigen, dann brauchen wir eine ganz andere Zusammensetzung der materiellen und moralischen Stimulantien. Das heißt konkret, Gábor Kolozs – denn um diesen kreisten vor allem die Gedanken des Direktors – einerseits mit Hilfe seiner eigenen Fähigkeiten aus dem jetzigen demotivierten Zustand herauszureißen. Andererseits müssen wir den Ausdruck dieser ganz bestimmten Fähigkeiten unmittelbar an Ort und Stelle mit einem gleichzeitig gegenständlichen und symbolischen Geschenk prämieren. All dies muß vor der größtmöglichen Öffentlichkeit, in diesem Fall vor der gesamten Schule geschehen, denn nur so kann die Aktion die Anziehungskraft der sozialistischen Pädagogik demonstrieren.

Langsam nahm ein konkreter Plan in seinem Kopf Gestalt an, und er notierte die unmittelbar anstehenden Aufgaben so eifrig in seinem Notizbuch, daß er erst seinen Kopf hob, als die Versammlung abschließend stürmisch applaudierte.

8

Am nächsten Tag ließ István Ludasi den Gesanglehrer Dr. Rezsö Paulik zu sich kommen. Vor allem gratulierte er diesem zu dem von ihm entdeckten jungen Talent und fragte, ob Gábor Kolozs nach Pauliks Meinung eine ausdrückliche Gesangbegabung sei oder ob er unter Umständen auch in einer anderen Kunstgattung Erfolg haben könnte.

Für Paulik war dies ein guter Anlaß, ausführlich darzustellen, daß er eigentlich nicht Gesanglehrer sei, sondern jahrelang Ungarisch und Geschichte unterrichtet habe und dies bis heute hätte tun können, wären nicht die bedauerlichen Oktoberereignisse dazwischengekommen. »Wenn dies unbedingt heute immer noch eine Rolle spielen muß«, fügte er mit kaum verhüllter Erregung hinzu, »so bitte ich Sie, Genosse Direktor, auf meine jahrelangen pädagogischen Erfahrungen als Fachlehrer nicht zu verzichten.«

»Wir verzichten auf niemanden«, sagte Ludasi und richtete seinen Blick auf ihn. »Wir glauben nämlich an den Menschen.« Dann kam er auf das ursprüngliche Thema zurück: »Also kann Kolozs Ihrer Meinung nach auch ein Gedicht vortragen?«

»Von seiner Stimme her ganz gewiß«, antwortete vorsichtig der Gesanglehrer. »Und dann war ja auch nicht zu übersehen, daß es in seiner Gesangsdarbietung ein nicht unerhebliches Einfühlungsvermögen gab. Nicht zufällig hat er die Schüler so mitgerissen.«

»Genau, lieber Kollege«, sagte der Direktor zufrieden. »Bitte suchen Sie ein geeignetes, womöglich sowjetisches Gedicht aus und studieren Sie es mit diesem Kolozs-Jungen zur Feier des 7. November ein.« Mit freundlichem Augenzwinkern fügte er hinzu: »Alles weitere werden wir sehen.«

Dr. Paulik entlieh noch am selben Tag in der Schulbibliothek Majakowskis Ausgewählte Gedichte. Er las darin alle Verse, die irgendeinen Zusammenhang mit der Oktoberrevolution oder mit Lenin hatten. Er tat dies mit einer gehörigen Dosis Ekel, denn politische Dichtung konnte er nicht einmal bei Petöfi oder Attila József akzeptieren – um so weniger bei diesem großmäuligen und selbstsicheren Agitator, der mit der Zeit offensichtlich doch einiges kapiert haben mußte, und dann hatte er ja auch im Handumdrehen eine Kugel im Kopf. Ein Gedicht wie das andere, Schmonzetten ohne Gefühl und Melodie, man kann sie wegen dieser komischen Treppen kaum lesen, dachte er und ließ sich schließlich vom Schulsekretär das Gedicht *Gespräch mit dem Genossen Lenin* abtippen – ein Gedicht, das ihm ebenso scheißegal war wie alle anderen Majakowski-Gedichte.

Als Dr. Paulik nach der Gesangstunde mit Gábor Kolozs allein im Klassenraum zurückblieb und ihn fragte, ob er bereit wäre, auf der Schulfeier am 7. November das Gedicht *Gespräch mit dem Genossen Lenin* von Wladimir Majakowski vorzutragen, weckte er damit in dem Jungen eine seltsame Erinnerung an die Schuljahreseröffnung. Er sah seine Mitschüler, die halb um Lärm zu erzeugen, halb aus Begeisterung jubelten, dann den Applaus des neuen Direktors, dem die freudige Zustimmung der Lehrer folgte. Er spürte dem rauschhaften Gefühl des Erfolgs nach, dann aber schwand diese Euphorie und hinterließ ein gewisses Schuldgefühl, als hätte er diese erste öffentliche Anerkennung seines Lebens unverdient ergattert.

Damals hatte sich Dr. Paulik in einer Notsituation dazu hinreißen lassen, ausgerechnet die Hilfe eines gebrandmarkten Schülers einzufordern. Aber jetzt? Was wollte er bloß jetzt von ihm? Gab es nicht genug Jungen im Gymnasium, die ausdrucksvoll und schön deklamieren konnten?

»Lies doch für alle Fälle erstmal das Gedicht«, sagte Paulik und überreichte dem Schüler nachlässig ein Stück Papier, »wer weiß, vielleicht gefällt es dir gar nicht. So was ist doch immer Geschmackssache … Sicher ist nur: Der Herr Direktor wünscht, daß gerade du das Gedicht vorträgst.«

Gábor Kolozs las den Majakowski-Text, und sofort gefiel ihm etwas daran: Die Idee, daß der Dichter seine Worte an eine Fotografie richtete und den leblosen Gegenstand an der Wand so ansprach, als handle es sich um einen lebendigen Menschen.

Dabei war Lenin 1929, zum Zeitpunkt der Entstehung dieses Gedichts, bereits seit fünf Jahren nicht mehr unter den Lebenden. Majakowski, obwohl ein Gottesleugner und Atheist, war also imstande, mit einem im alltäglichen Sinne gar nicht existierenden Jemand oder, wie es das kürzlich von Gábor Kolozs gesichtete Lexikon mit einer Portion Verachtung nennen würde, mit einer »mutmaßlichen mystischen Persönlichkeit« in Verbindung zu treten.

Genau genommen, dachte Gábor Kolozs, hatte Majakowski dasselbe Problem mit Lenin wie ich mit dem Schöpfer – eigentlich hätte er ein Gespräch führen wollen, doch tatsächlich kam es nur zu einem Monolog. Vielleicht hatte Majakowski sogar, während er das Gedicht schrieb, eigentlich an Gott gedacht, aber als offizieller proletarischer Dichter traute er sich nicht, dies zuzugeben. Mein Gott, dachte Gábor Kolozs, wenn Lenin damals aus dem Bilderrahmen herausgetreten wäre oder den Dichter angelächelt hätte, dann wäre dieser nicht in die Situation geraten, sich ein Jahr später umbringen zu müssen. Und Gábor Kolozs empfand plötzlich Mitleid und Zärtlichkeit für Majakowski. Er las das Gedicht noch einmal und war entzückt davon.

»Soll ich es mal aufsagen?« fragte er Paulik, und sein Gesicht leuchtete vor Begeisterung, so daß der Gesanglehrer sofort eifrig nickte, nur um dem Kind keine Enttäuschung zu bereiten. Er setzte sich in die erste Bankreihe. Gábor Kolozs ging nach vorn zum Katheder, stellte sich vor die Tafel neben das Lehrerpult, nahm eine Haltung ein, die er für eine Deklamationspose hielt und begann das Gedicht laut zu lesen:

Fort vom Getrieb
hat des Tages Schimmer
nach und nach
sich zum Dunkel gewandt.
Zwei: Lenin
und ich,
weilen im Zimmer –

er als Foto
an weißer Wand.
Offen sein Mund
in gehämmertem Wort,
Borsten
des Barts
gesträubt wie zumeist,
Falten der Stirn:
des Menschentums Hort,
riesige Stirn,
drin riesiger Geist.
Genosse Lenin,
nicht dienstlich mehr,
herzlich
sei Ihnen berichtet.
Genosse Lenin,
das Werk höllisch schwer,
wird
glücken,
es wird schon verrichtet.

Er war vollkommen in der Gefühlswelt dieser Zeilen versunken, als sei er selbst der Dichter, der diese kommunistische Geisterbeschwörung in seiner Moskauer Wohnung vollendete. Gegen Mitte des Gedichts fühlte er plötzlich, daß er das Blatt Papier kaum noch brauchte, als würde ihm jemand von innen den Text soufflieren. Nach zweimaligem Durchlesen konnte er das Gedicht vollkommen auswendig. Und als er die Schlußzeilen erreichte, in denen Majakowski das Anfangsbild des Gedichts wiederholt, legte er mit größter Seelenruhe das Blatt Papier auf den Lehrertisch. In Wirklichkeit wußte er nicht genau, was in ihm vor sich ging. Er ahnte nur unscharf, daß hinter seiner Stirn eine neue Art von Energie pulsierte.

Dr. Paulik beobachtete die sich vor seinen Augen und Ohren entfaltende außergewöhnliche Deklamationskunst, und obwohl es ihn vor dem Thema und den plakativen, grobschlächtigen Wahrheiten des Gedichts grauste, mußte er sich selbst gegenüber zugeben, daß all das aus dem Munde eines fünfzehnjährigen Jungen recht glaubhaft klang. Jetzt, wo er die Treppenstruktur des Gedichts nicht vor Augen hatte, nahm er gar etwas wie Melodie und Rhythmus wahr. Vor allem war er jedoch von der Gedächtnisleistung beeindruckt. In diesem jungen Kopf schien es einen göttlichen Funken zu geben. Oder eher einen teuflischen? Doch Paulik schämte sich sofort für diesen Gedanken, als er in das unschuldige Gesicht des Schülers blickte.

»Und du, ausgerechnet du bist in mehreren Unterrichtsfächern durchgefallen!« Der Gesanglehrer schüttelte den Kopf. »Einfach unglaublich!«

9

Was den Geist an der Schule und den Verbreitungsgrad der richtigen politischen Gesinnung betraf, so erwartete Ludasi einen Durchbruch anläßlich der Feierlichkeiten zum 7. November. Bisher waren die revolutionären und noch mehr die nationalen Jahrestage angesichts der großen Schülerzahlen, aber auch aus politischer Vorsicht in den Klassenräumen abgefeiert worden. Der Direktor hielt eine kurze Ansprache über die Lautsprecheranlage, dann erinnerten die Klassenlehrer in ihren Räumen an den jeweiligen Gedenktag, jemand ging nach vorne und deklamierte ein Gedicht, und zum Schluß wurde gemeinsam je nach Anlaß die Internationale oder die Nationalhymne gesungen. In allen achtzehn Klassenräumen spielte sich derselbe seelenlose, langweilige Klamauk ab, so daß nach Ludasis Auffassung aus ideologischer Sicht selbst eine durchschnittliche Geschichtsstunde weit bedeutender war.

Es wäre jedoch, so seine weiteren Überlegungen, überhaupt keine Lösung, wenn die Feierlichkeiten gemeinschaftlich auf dem Schulhof oder im Turnsaal stattfinden würden. Es war schließlich keine Kleinigkeit, achthundert Schüler für längere

Zeit im Zaum zu halten. Wie konnte man auch von fünfzehn- oder achtzehnjährigen Jugendlichen erwarten, daß sie stehend eine ganze Stunde lang Festreden, Deklamationen und musikalische Darbietungen anhörten? Selbst bei der Ungarischen Volksarmee mußten nur Delinquenten so lange strammstehen.

Deshalb hatte Ludasi bereits im September die Genehmigung des Ministeriums erbeten, Anfang November für einen Vormittag das Urania-Kino in der Rákóczistraße mieten zu dürfen. Hier sollte das Gedenken an die Oktoberrevolution stattfinden, und diesmal würde mehr Substanz dahinter sein als üblicherweise durch das routinemäßige Heraufbeschwören der wohlbekannten Ereignisse: Schüsse von der Aurora, Sturm auf das Winterpalais, Dekret über den Frieden, Machtübernahme der Sowjets.

Als Dr. Paulik über seine atemberaubenden Erfahrungen mit Gábor Kolozs und dem Majakowski-Gedicht Bericht erstattete, war Ludasi überhaupt nicht erstaunt. Er nahm seinen Tintenkuli aus der Tasche und schrieb in den fast fertigen Veranstaltungsplan, den das Ministerium noch genehmigen mußte, nach seiner eigenen Rede als zweiten Programmpunkt: »Gedicht. Wladimir Majakowski: Gespräch mit dem Genossen Lenin. Vorgetragen von Gábor Kolozs, Schüler der Klasse 2 a.« Und zu Paulik sagte er: »Mit diesem Einsatz könnte er eigentlich auch seine Lektionen lernen. Man muß ihn nur davon überzeugen, daß alles, was notwendig ist, gleichzeitig auch möglich ist.« Als Paulik gegangen war, bat Ludasi mit Blick auf das Telefon den im Vorzimmer sitzenden Schulsekretär: »Verbinden Sie mich bitte mit dem Präsidium der Ungarisch-Sowjetischen Freundschaftsgesellschaft.«

10

Als Gábor Kolozs vor den Augen und Ohren des erschütterten Paulik nach zweimaligem Durchlesen den Text des Majakowski-Gedichts auswendig sprechen konnte, hatte er plötzlich

Lust, seine für ihn selbst überraschende Gedächtnisleistung an anderen Gedichten, so an Attila József oder Endre Ady, auszuprobieren. Er kam zu ähnlichen Ergebnissen.

Später versuchte er es mit weniger melodischen Texten. So lernte er die Gebrauchsanweisung einer Arznei auswendig, die der Vater gegen Kopfschmerzen einnahm, und selbst aus dem Schlaf aufgeschreckt hätte er sofort sagen können: »Bei Patienten mit erhöhter Empfindlichkeit verursacht das Medikament gelegentlich Schwindel, Schlafstörungen, Juckreiz und Gedächtnisverlust. In solchen Fällen ist die Dosis im Einvernehmen mit dem Facharzt zu verringern.« Er memorierte die Namensliste seiner Schulklasse, die bei den häufigen Anwesenheitskontrollen immer in alphabetischer Reihenfolge verlesen wurde, und all diese Namen waren in seinem Kopf wohlbehalten gespeichert. Wenn er einen Text begriffen hatte, so verfügte er über die Fähigkeit, ihn in Windeseile auswendig zu lernen. Was aber, wenn der Text für ihn unverständlich war?

Gábor Kolozs konnte keine Silbe von den hebräischen Gebeten und Gesängen aus der Synagoge verstehen, und trotzdem hatte er sie irgendwann auswendig gelernt. Jetzt, da er ständig damit beschäftigt war, seine Gedächtnisleistung zu testen, sprach er sich diese Texte selbst vor. Mit dem leeren Henkelmann in der Hand wiederholte er leise von der Síp- bis zur Klauzálstraße den Text des Pessachbroche, des Tischsegens: »Boruch ato Adonaj, Elajchenü, Melech o ajlam, a serkid sonu, bömiss wajtzo wötsiwonu, a scher lö tilas, matzo.« Auf dem Rückweg memorierte er zur Abwechslung die jüdische Hymne: »Os jajmru bagajim / higdil Adonaj lassaj si melech / ulsajnenü rino.« Auch von diesem Text konnte er kein Wort verstehen. Trotzdem hatte er ihn schon als kleines Kind auf dem Schoß des Vaters sitzend gelernt, als er noch nicht einmal lesen konnte.

Wenn es nicht anders geht, dachte er, als er nach Hause kam und den Henkelmann auf den Küchentisch stellte, dann lerne ich den gesamten Unterrichtsstoff in der Schule einfach auswendig – als wären das alles Gebete, und ich müßte sie dem lieben Gott aufsagen. Dann nahm er das Physiklehrbuch für die zweite Klasse des Gymnasiums zur Hand und suchte sich das Kapitel heraus, das Arpád Illés gerade unterrichtete. Zuerst sah er nur ein Buchstabenmeer vor sich, das in seinem Hirn nicht zu Einzelworten, geschweige denn zu Begriffen und Sinnzusammenhängen geordnet werden konnte. Dann fühlte er plötzlich, wie eine seltsame Kraft ihn emporhob und mit ihm davonflog. Fast im Rausch sagte er die Worte aus dem Physiklehrbuch auf:

»Wenn wir die Größe der Kräfte von paralleler und entgegengesetzter Richtung sowie die Entfernung ihres Angriffspunktes verändern, führen unsere Versuche jedesmal zu dem Ergebnis, daß die Kraftresultierende von zwei Kräften paralleler, aber entgegengesetzter Richtung parallel zu den gegebenen Kräften wird und die Richtung der größeren Komponente aufnimmt, wobei ihre Größe dem Unterschied der beiden Komponenten gleicht.«

Der Vater aß geräuschlos in der Küche, und als er mit dem dritten Gang fertig war, ging er langsam in sein Zimmer, setzte sich an den Rand des Sofas, zog seine Pantoffeln aus und legte sich hin. Er wollte sich bereits zur Wand wenden, als er das leuchtende, glückliche Gesicht seines Sohnes bemerkte. Fragend schaute er ihn an, weil er ihn seit seiner frühesten Kindheit niemals so gesehen hatte.

»Du, Vater«, sagte plötzlich Gábor Kolozs. »Ich glaube, ich hab's. Ich habe den Gottesbeweis.«

»Was heißt Beweis?« murmelte unwirsch Dr. Dániel Kolozs. »Was gibt's da zu beweisen? Meschugge bist du.« Er schüttelte verständnislos den Kopf, dann wandte er sich zur Wand, und eine Minute später war er in tiefen Schlaf gesunken.

DRITTER TEIL

I

An jenem Samstagmorgen im Oktober war der Klassenlehrer László Feith offensichtlich mit dem linken Bein zuerst aufgestanden und hatte den Tag noch gereizter als gewöhnlich begonnen. Über der Stadt lag dichter Nebel, und im Bus stieß ihn jemand im Gedränge derart in die Rippen, daß ihm alles weh tat. Die erste Stunde mußte er in seiner eigenen Klasse geben, und wie üblich fing er an, seine schlechte Laune an den Schülern abzureagieren. Die Klasse kannte sich mit seinen verschiedenen Befindlichkeiten recht gut aus und wußte, daß es schlechte Noten hagelte, wenn er so miese Stimmung hatte wie an diesem Tag. Um auf Nummer Sicher zu gehen, begann er mit den schwächeren Schülern, bis er sich so weit in seine Affekte hineingesteigert hatte, daß er imstande war, selbst noch die besten Schüler vor der Tafel zu quälen.

»Kolozs!« rief er, noch bevor er Gelegenheit gehabt hatte, das Klassenbuch zu öffnen. Die Schüler wußten genau, was jetzt zu erwarten war. Im Drehbuch folgte nun der so oft, bis zum Überdruß in verschiedenen Varianten wiederholte Einleitungssatz: »Na, jetzt wollen wir mal sehen, was unser sowohl körperlich als auch geistig herausragend entwickelter Schüler Gáborlein Kolozs über die ökonomische Geographie von Japan weiß.«

Gábor Kolozs erhob sich aus der vorletzten Bank und ging leichten Schrittes in Richtung Tafel. Dort blieb er stehen, und ohne den Lehrer anzublicken, wandte er sich der Klasse zu und begann mit der Antwort: »Die Viehzucht ist von untergeordneter Bedeutung. Der Fleischkonsum ist niedrig, und die Kleinbauern halten keine Zugtiere. Um so bedeutender ist die japanische Fischereiwirtschaft. Neben Reis ist Fisch das Hauptnahrungsmittel des Volkes. Obwohl die Fangerträge seit dem Krieg rückläufig sind, gehört die japanische Fischereiwirtschaft immer noch zu den größten der Welt. Auch die Seidenraupenzucht ist rückläufig, obwohl Japan früher die meiste Rohseide produziert hat. Mit der Rohstoffversorgung in der japanischen Leichtindustrie sieht es weit besser aus als in der Schwerindustrie. Bis auf Baumwolle werden nur eigene Rohstoffe verwendet. Der wichtigste Zweig der Leichtindustrie ist die Textilproduktion. Die Hauptstandorte für Industriebetriebe sind: Erstens die Region Kobe / Osaka, zweitens die Region Tokio / Yokohama und drittens Nagoya und Umgebung.«

Er sprach gegliedert, klar und überzeugend, wie man nur einen Text aufsagen kann, den man vollkommen verstanden hat. Inzwischen wurde er ein wenig unruhig, denn allmählich kam er dem Ende des Textes, den er auswendig gelernt hatte, gefährlich nahe. Zum Glück wartete László Feith jedoch nicht bis zu diesem Augenblick, sondern stand auf und stieg vom Katheder herunter, die Arme untergeschlagen.

»Es reicht!« sagte er, Gábor Kolozs zugewandt. Dann schaute er ratlos in die Klasse, die von der unerwarteten Darbietung ihres Mitschülers ebenfalls fasziniert war.

»Versteht ihr das?« fragte Feith die Schüler und wandte sich dann wieder Gábor Kolozs zu. »Jungejunge! Entweder hast du uns bisher für dumm verkauft, oder du versuchst es jetzt. Woher weißt du das alles so plötzlich?«

Gábor Kolozs antwortete mit unverhülltem Triumph, wenn auch noch mit einer gewissen Ängstlichkeit in der Stimme: »Ich habe gelernt, Herr Lehrer.« – »Hm«, grübelte Feith, dann trat er wieder zum Katheder und blätterte zerstreut im Klassenbuch. Die Klasse verstummte wie immer im Vorgefühl größerer Ereignisse. »Na gut«, sagte nach weiterem Überlegen der Klassenlehrer. »Jetzt gebe ich dir ausnahmsweise ein ›Sehr gut‹. Aber wenn sich herausstellt, daß du uns mit einem üblen Trick betrogen hast, dann ist es besser, wenn ich dich nicht zwischen die Finger kriege. Die Hausaufgabenkontrolle ist für heute beendet.«

2

Dr. Rezsö Paulik betrat während der großen Pause das Lehrerzimmer. Am Vortag, dem 23. Oktober, hatte er sich krank gemeldet – und dies bereits zum dritten Mal am Jahrestag der Revolution. Seine diesbezüglichen Erwägungen waren moralischer Natur. Er war der Meinung, wenn die Kommunisten sich erlaubten, aus ihren feierlichen Anlässen einen arbeitsfreien Tag zu machen, dann hätte er erst recht Gründe, sich zur Erinnerung an den niedergeworfenen Freiheitskampf einen arbeitsfreien Tag zu gönnen.

So ließ er sich unter dem Vorwand einer Erkältung, die für einen Gesanglehrer ein überzeugender Grund zum Fernbleiben war, vom Kreisarzt krank schreiben und rief im Gynmasium an, damit man dort nicht mit ihm rechnete. Am Morgen verließ er im dunklen Anzug mit Krawatte seine Budaer Wohnung und nahm den Weg zum Bem-Denkmal, dann ging er über die Kossuth-Brücke zum Rundfunkgebäude und beendete den Trauerrundgang schließlich an der Kilián-Kaserne. An jedem historischen Standort blieb er kurz stehen, um sich das Geschehene zu vergegenwärtigen und stumm dem Andenken der Helden und Opfer seinen Respekt zu zollen. Und obwohl die Straßen an diesem Jahrestag voll waren mit Kampfgruppen, mit uniformierten und zivilen Polizisten – wem wäre der Mittvierziger, dieser beinahe kahlköpfige Lehrer aufgefallen, und wer konnte ihm hinter die Stirn schauen, wo er die schönen und quälenden Gedächtnisbilder jener Oktobertage aufbewahrte? Insgeheim sprach er ein Gebet für diejenigen, die in dem ungleichen Kampf gefallen waren oder vor dem sicheren Todesurteil fliehen mußten, und gleichzeitig bedankte er sich bei seinem Schöpfer, weil er in dem darauffolgenden Rachefeldzug mit einer fachlichen Degradierung davongekommen war, die man hoffentlich auch nicht ewig aufrechterhalten würde.

Als Dr. Paulik am 24. Oktober das Lehrerzimmer betrat, redete László Feith gerade lautstark und mit hektischen Flecken am Hals von der verblüffenden Leistung des Schülers Gábor Kolozs. Alle hörten gebannt zu. »Hier stimmt was nicht!« beendete er seine Ausführungen. »Dieser Junge hat doch offensichtlich einen Sprung in der Schüssel.« Am liebsten hätte er ihm ebenso in den Kopf geschaut, wie man vor drei Jahren die Kehle des berühmten jungen Pfeifkünstlers des Gymnasiums medizinisch untersucht hatte, ob nicht Teufelswerk darin verborgen sei.

Fast alle Lehrer befanden sich im Raum. Auch der Direktor Ludasi war anwesend, ließ sich jedoch nicht anmerken, ob er zugehört hatte oder nicht, denn er gab soeben dem Schulsekretär eine Instruktion. Allerdings hob er für einen Augenblick den Kopf, und sein Blick kreuzte sich mit dem von Rezsö Paulik. Paulik nahm Ludasis Blick auf und dachte, wie seltsam doch das Leben ist. Ausgerechnet gemeinsam mit diesem Kommunisten war er einem Geheimnis auf die Spur gekommen, von dem außer ihnen beiden niemand in diesem Raum die geringste Ahnung hatte.

Am nächsten Montag gelang es dem Schüler Kolozs, auch die ihm ohnehin wohlgesonnene Lehrerin Tóth mit einer bravourösen Antwort zu überraschen, und zwar zum Thema der sogenannten Verseifung, die sogar Frau Tóth nicht als den attraktivsten Teil ihres Unterrichtsfaches betrachtete. Dabei passierte etwas Merkwürdiges. Gábor Kolozs erörterte die aus fachlicher Sicht ziemlich banale Wahrheit, daß »die Hydrolyse der Ester unter dem Einfluß von Laugen leicht vor sich geht. Deswegen bezeichnen wir die Zersetzung der Fette durch Laugen als Verseifung oder Saponisierung der Ester.« Im selben Augenblick meldete sich ein Junge, der nicht gerade zu den größten Chemiebegabungen gehörte, und teilte mit, jetzt habe er endlich das Wesen der Hydrolyse begriffen. Frau Tóth zog aus dieser Antwort die Konsequenz, daß Kolozs den Stoff nicht einfach nur zu beherrschen wußte, sondern daß er geradezu begonnen hatte, mit dem Kopf eines Chemikers zu denken.

Der Mathematiklehrer Árpád Illés hatte am Ende derselben Woche zu vermelden, Kolozs habe die Theorie der mathematischen und geometrischen Reihe so überzeugend dargelegt, daß es sogar ihn selbst zum Weiterdenken des Problems inspiriert habe. Gleichzeitig blieben die Fähigkeiten des Jungen, mathematische Aufgaben zu lösen, weit hinter den Erwartungen zurück. Offensichtlich war also seine explosionsartige geistige Entwicklung, so meinte Illés, von stark theoretisierender Natur. »Gott bewahre uns davor«, sagte er, »daß wir jetzt mit irgendwelchen kleinlichen Schikanen und primitivem Drill neue Hemmungen bei dem Schüler erzeugen, die seine weitere Entfaltung behindern könnten.« So kam es dazu, daß Gábor Kolozs trotz partiell schwacher Leistungen mit Samthandschuhen angefaßt wurde – um so mehr, weil man wußte, daß den positiven Veränderungen des Zöglings ein Gespräch mit Ludasi vorausgegangen war. Es war offensichtlich, daß die Stabilisierung dieser Veränderungen für den Direktor gewissermaßen eine Prestigefrage war.

Dr. Rezsö Paulik ließ die Sache keine Ruhe. Was konnte der Grund dafür sein, daß ein Kind, das vom Schöpfer offensichtlich mit überdurchschnittlichen Fähigkeiten gesegnet war, zunächst ein unglaublich niedriges Lernniveau zeigte und plötzlich seine Leistungen sprunghaft verbesserte? Und womit konnte man erklären, daß dieses Phänomen außer ihm, dem gebrandmarkten, auf den Müllhaufen der Geschichte verbannten Lehrer, und dem kommunistischen Schuldirektor niemanden aus der Lehrerschaft unter fachlichen Gesichtspunkten zu interessieren schien?

Fachliche Gesichtspunkte! Diesen Ausdruck wiederholte er mit bitterem Spott. In diesem Lande hatte die Erziehung seit anderthalb Jahrzehnten aufgehört, war ebenso zerschlagen worden wie die Justiz, die freie Presse und das Handwerkertum. Wer sollte hier wen und zu welchem Zweck erziehen? Die Gefängnisse und Internierungslager waren voll, eine Viertelmillion Ungarn war aus dem Land geflohen, und es war immer noch nicht absehbar, wann Gewalt und Lüge ein Ende haben würden. Gerade jetzt wurden wieder die Bauern schikaniert, damit sie den LPGs beitraten.

Das eigentliche Wunder, dachte Paulik, besteht nicht darin, daß die Kommunisten mich auf dieser Aushilfsstelle als Gesanglehrer dulden, sondern daß ich selbst diese drückende Atmosphäre auch nur einen einzigen Tag lang ertragen konnte. Zwar hatte er keine andere Wahl, doch dachte er besonders bekümmert an den letzten Augenblick in seinem Leben, in dem er über sein Schicksal selbst entscheiden konnte. Das war im Oktober 1949 gewesen: Der Zug nach Zagreb lief vom römischen Bahnhof Termini aus, und in Zagreb sollte Paulik nach Budapest umsteigen. In diesem Augenblick hätte er auf dem Absatz kehrtmachen, auf die nächste Polizeiwache gehen und um politisches Asyl bitten sollen.

Wenn er damals nicht aus Rom von seiner als Touristenreise getarnten Pilgerfahrt zurückgekehrt wäre, dann hätte er, der als Laie die Gelübde seines Ordens schon abgelegt hatte, werden können, was er seit seiner zartesten Jugend immer hatte werden wollen: Lehrer in einer Schule der Piaristen. Er kam jedoch zurück, weil er hier in Budapest seinem Gott dienen wollte, und bald darauf löste die Staatssicherheit den Piaristenorden mitsamt der dazugehörigen Schule direkt vor seiner Nase auf. Er aber harrte weiter aus; schließlich hatte ihn niemand aus seinem heiligen Gelübde entlassen.

Er arbeitete als Lehrer so gut er konnte, versuchte die ideologischen Minenfelder zu meiden und duldete wortlos die albernen Anspielungen seiner Kollegen auf sein mönchartiges Junggesellenleben. Wie oft hatte man ihn verheiraten wollen – zuletzt mit dieser unglückseligen, von ihrem Mann verlassenen Russischlehrerin Genrietta Wassiljewna. Woher hätten sie es denn ahnen sollen? Er war ein einfacher, ordentlich gekleideter Brillenträger, und seine Geheimnisse vertraute er niemandem in dieser Schule an.

Wozu aber diese erniedrigende Geheimniskrämerei? Warum suchte er sich nicht einen weniger auffälligen Beruf? Glaubte er immer noch, irgendwann den Samen des Guten säen zu können? Jesus erschien stets in Augenblicken, in denen niemand ihn erwartete – so wie bei der Schuljahreseröffnung! Welch gottesfürchtige Demut lag für ein paar Minuten lang in jenem Oratoriumsausschnitt von Händel, dessen Text die Kommunisten so schmählich verunstaltet hatten! Und wie engelgleich hatte das Kind gesungen! Diese unverdorbene reine Stimme, dieser hingebungsvolle, unschuldige Blick! Kein Wunder, daß die Barbaren hier den Jungen um jeden Preis loswerden wollten. Denn dieses Kind war zutiefst erfüllt vom Glauben an Gott.

Dr. Paulik fühlte allerdings ein störendes Moment in seinem eigenen Gedankengang: Die Tatsache, daß er bei der Förderung von Gábor Kolozs offensichtlich an einem Strang mit dem Direktor zog, hatte etwas Beunruhigendes. Doch konnte er sich recht gut in Ludasis Sicht hineinversetzen. Schließlich hatte der Auftritt bei der Schuljahreseröffnung das Ansehen der Schule gehoben, und falls es Ludasi gelingen sollte, aus diesem ewig versagenden Lausejungen einen Musterschüler zu machen – und offensichtlich verfolgte er dieses Ziel –, dann konnte dies seiner eigenen Karriere ziemlichen Aufwind geben, und er konnte auf Kreis- oder Landesebene landen. Es war aber genausogut möglich, daß sich hinter Ludasis Initiative ein unegoistischer pädagogischer Ehrgeiz verbarg, und sicherlich ließ er sich auch auf ein Risiko ein. Paulik mußte zugeben, daß er auf Alltagsebene bisher nicht den geringsten Ansatz von mangelnder Integrität bei István Ludasi wahrgenommen hatte. Der Direktor gehörte zu dem seltenen Typ von Kommunisten, der schwärmerisch einer grundfalschen Idee verfallen war. Wie dem auch sei, dachte Dr. Paulik, der Junge hat jetzt zunächst eine gewisse Schonzeit. Und ich habe die von Gott befohlene Pflicht, die Aufmerksamkeit des Kindes auf seine vielleicht einzige große Chance zu lenken – auf seinen Glauben.

3

Am Mittwoch nach der letzten Stunde, dem Russischunterricht, stand Gábor Kolozs bereits an der Treppe, den Schulranzen auf dem Rücken, als er plötzlich die Stimme des Lehrers Paulik hinter sich hörte:

»Kolozs, warten Sie einen Moment!«

»Jawohl, Herr Lehrer!«

»Hätten Sie einen Augenblick Zeit?« Und bevor Gábor Kolozs antworten konnte, führte er ihn in einen leeren Klassenraum und schloß hinter ihm die Tür. Dann setzte er sich in eine Bank und bot dem Jungen einen Platz in der benachbarten Bankreihe an. Ohne Umschweife kam er auf sein Thema:

»Sagen Sie, Kolozs, lesen Sie gern?« – »Sehr gern, Herr Lehrer«, antwortete der Junge. »Und wer ist Ihr Lieblingsautor?« fragte Paulik weiter. »Dümaß«, antwortete Gábor Kolozs und sagte dann unsicher: »Vielleicht ist meine Aussprache ja falsch.« – »Ist sie tatsächlich.« Paulik lächelte dem Jungen sanft zu. »Man sagt nämlich Düma. Er war Franzose. Und welches Buch von ihm mögen Sie am liebsten?« – »Die drei Musketiere.« – »Das habe ich mir schon gedacht. Und welche Gestalt gefällt Ihnen darin am besten?« erkundigte sich Paulik weiter. »Na, der Rischeliu«, antwortete Gábor Kolozs.

Paulik blühte förmlich auf. »Rischeljöh!« korrigierte er taktvoll. »Der Kardinal! Das ist ein schönes Thema. Ich meine, vom rein historischen Geschichtspunkt. Ich möchte Ihnen dazu mal was erzählen, was nicht in den Schulbüchern steht. Denn die Schulbücher«, und er blickte sich spontan um, »die Schulbücher sind ein bißchen einseitig.« Dann begann er zu erzählen: Über die französische Kirche, die verschiedenen Kardinäle, über das Papsttum in Avignon. Er redete voller Begeisterung, konnte überhaupt nicht wieder aufhören und war glücklich, daß er endlich seine geheimen Kenntnisse mit jemandem teilen konnte. Außerdem konnte er jetzt dem folgen, wenn auch mit aller gebotenen Vorsicht, was seine eigentliche Berufung war: Einen reinen Jungen zu belehren und vielleicht auch zu bekehren.

Gábor Kolozs nahm Pauliks Worte begeistert auf, und er verlor jegliches Zeitgefühl. Immer angestrengter grübelte er darüber nach, wie er das Gespräch so lenken könnte, daß Paulik aufhörte, von Pfarrern und Päpsten zu reden und statt dessen über Gott sprechen würde – darüber, wie ihn jene Franzosen gesucht hatten und wie er, Gábor Kolozs, selbst den Allmächtigen finden könnte. Denn es schien offensichtlich, daß Paulik einiges darüber wußte.

Die Frage lag ihm schon auf der Zunge, und der Lehrer legte soeben nach einem langen Gedankengang eine kurze Pause ein, als Gábor Kolozs unruhig wurde, weil er das Gefühl hatte, daß sie bereits fast eine Stunde lang plauderten und er schon längst in der Armenküche Sípstraße eingetroffen sein müßte.

»Sch'ma Jisroel! Der Henkelmann!« rief er aus und hielt dann reflexhaft die Hand vor den Mund. »Entschuldigung, Herr Lehrer. Mein Vater wartet auf sein Mittagessen. Lassen Sie uns bitte ein andermal weiterreden!«

»Heilige Jungfrau!« brach die Überraschung aus Paulik heraus. »Sie sind also Israelit! Warten Sie, Kolozs! Laufen Sie nicht weg! Darüber müssen wir reden!«

4

Im humanistischen Gymnasium ›Benedek Virág‹ war seit September einiges passiert. Ludasi hatte alle zwanzig Schulklassen besucht und mit jedem Kollegen sowie mit den Leitern der KISZ-Organisation gesprochen. Nachdem er im Speisesaal die erbärmliche Schulspeisung verkostet hatte, beschwerte er sich sofort im Ministerium über die schlechte Qualität. An einem Nachmittag zog er sein Turnzeug an und beteiligte sich am Training der Basketballmannschaft des Gymnasiums. Er ließ das System der freiwilligen Schüleraufsicht wiederherstellen, und außerdem mußte jede Woche eine andere Klasse die Ordnung und Sauberkeit auf den Korridoren kontrollieren. Die Anwesenheitsdisziplin wurde durch tägliches Verlesen der

Namenslisten verstärkt. Das Knabengymnasium ›Benedek Virág‹, eine Institution, die sich bereits auf dem Wege der Auflösung befunden hatte, regenerierte sich allmählich und hatte die besten Chancen, ihren schlechten Ruf loszuwerden.

Den wahren Durchbruch erreichte Ludasi jedoch mit der Gedenkzeremonie zum 7. November. Die Feier in dem gemieteten Saal des Kinos ›Urania‹ verlief in geradezu gespenstischer Disziplin. Die Schüler betraten und verließen das Gebäude in geordneten Reihen. Diesmal sorgten jedoch nicht ängstliche und ständig zischelnde Lehrer für Ordnung, sondern eine aus Schülern bestehende Ordnergarde mit Armbinden.

Die Festrede hielt István Ludasi, und er sprach frei. Er erzählte von der Dorfschule seiner Kindheit, in der die Lehrer ihren Zöglingen mit dem Rohrstock auf die Hände schlugen und der Schultag mit dem obligatorischen Gebet begann. Er brandmarkte die Qual der militärischen Übungsstunden, den hirnlosen Drill, mit dem man die Jugendlichen in Friedenszeiten zu Knechten, in Kriegszeiten zu Kanonenfutter erziehen wollte. »Was hat das alles mit der Oktoberrevolution und mit Lenin zu tun?« war schließlich seine rhetorische Frage, die er prompt beantwortete: »Lenin haßte den Kasernengeist des zaristischen Rußland von ganzem Herzen und war ernsthaft in Sorge, ob die Kommunisten imstande sein würden, dieses Erbe voll und ganz loszuwerden. Deshalb sagte Lenin, und wir sagen es auch, daß wir die selbstbewußte Disziplin der Arbeiter und Bauern brauchen. Diese Forderung gilt auch für die lernende Jugend unseres Gymnasiums.

Ordnung herrscht nicht dort, wo man kein Sterbenswort mehr hört, sondern dort, wo das Kollektiv gemeinsam an der Verbesserung seiner Lebensbedingungen arbeitet. Macht Krach, protestiert und rebelliert, wenn es denn sein muß«, forderte er, der sich schon etwas in Hitze geredet hatte, seine Hörerschaft auf, »kritisiert alles und jeden, aber auch euch selbst. Das, was ihr von Staat und Gesellschaft erwartet, müßt ihr auch von euch selbst fordern. Das ist für uns die Lehre aus jenem historischen Ereignis, zu dem vor genau zweiundvierzig Jahren der Kanonendonner vom Kreuzer ›Aurora‹ das Signal gegeben hat.«

Auf den stürmischen Applaus folgte der Stummfilm ›Drei Lieder über Lenin‹ von Dziga Vertov. Obwohl die unkontrollierbare Dunkelheit während der Filmvorführung die Zungen der Schüler löste, konnte Ludasi ihr Verhalten doch nicht mit dem Chaos vergangener Feierlichkeiten auf dem Schulhof und im Turnsaal vergleichen. Allerdings waren die dort gehaltenen Reden auch wenig geeignet, die Aufmerksamkeit der Schüler länger als ein paar Minuten zu binden. Ja, dachte er, der Hauptfeind des Kommunismus ist die Langeweile. Der Kommunismus muß interessant sein und persönlich verkündet werden. Es reicht nicht aus, nur die Idee zu verbreiten, sondern sie muß von einer klingenden Stimme getragen werden.

Gábor Kolozs stand vor dem Vorhang des Filmtheaters ›Urania‹ im Scheinwerferlicht und beschwor mit seiner klangvollen hellen Stimme das beschwerliche Privatbekenntnis des sowjetischen Dichters, das dieser an das Foto des Gründers des Sowjetstaates gerichtet hatte. Er sah nur die Gesichter der Menschen, die in den ersten Stuhlreihen des Saales saßen, und direkt vor ihm war das Gesicht des Schuldirektors István Ludasi. So fand Gábor Kolozs es naheliegend, das Gedicht so aufzusagen, als sei der Direktor identisch mit dem berühmten Leninbild an der Zimmerwand des Poeten:

Wir kleiden,
erleuchten,
was arm und bloß;
Erz- und Kohle-
Gewinnung
wird stark.
Doch neben alldem,
natürlich,
ist groß

viel,
vielerlei
Schund und Quark.
Wirst müd,
dich zu wehren und rumzuraufen.
Ohne Sie
geriet mancher
auf Wege, die krumm.
Sehr viele,
vielerlei Schurken
laufen umher
in unserem Land und ringsum.
Die sieht man
stolz
durch die Gegend sausen,
Füllfedern
und Abzeichen stecken sie raus.
Wir werden sie alle
natürlich
zerzausen,
doch das ist
ein fürchterlich
schweres Gezaus.
Genosse Lenin,
in Rauch und Schwärze,
auf Erde,
wo Schnee
und Stoppeln
noch kleben,
Genosse,
mit Ihrem
Namen
und Herzen
denken wir,
atmen wir,
kämpfen
und leben!

In Ludasi tobte ein gewaltiger Sturm der Gefühle. Majakowski sagte Wort für Wort das, was ihn selbst täglich beschäftigte – daß nämlich die entscheidenden Fragen durch die Machtübernahme der Kommunisten nicht gelöst worden waren. Zwar ist es richtig, dachte Ludasi, daß das Sein das Bewußtsein bestimmt. Aber das Bewußtsein ist geprägt von Tausenden und aber Tausenden geistiger Überbleibsel aus der Vergangenheit – für die in Entstehung befindenden sozialistischen Verhältnisse ein Zentnergewicht, eine furchtbare Last. Zudem ist eine neue herrschende Schicht emporgekommen, die nicht viel besser ist als die alte. Der überzeugte Kommunist ist wohl auch heutzutage häufig mutterseelenallein, manchmal das einsamste Wesen des Planeten, wie es Majakowski womöglich im April des Jahres 1930 war, als er Selbstmord verübte.

Und jetzt dieses Jüngelchen da, knapp über hundertfünfzig Zentimeter groß, da steht er, spindeldürr, mit eingefallenen Wangen, mit einer Stimme knapp vor dem Stimmbruch, und spricht ein großes Gedicht, als sei dies die Wahrheit, die er selbst erfahren hat – und er spricht so überzeugend, daß achthundert zu jeglichem Krawall bereite Pubertierende ihm mit angehaltenem Atem zuhören. Und dieses Kind hatten einige Mitglieder des stockreaktionären Lehrkörpers als Schande der Schule bezeichnet! Nun, ich werde ihnen zeigen, wie schnell aus Schande Ruhm werden kann!

Nach dem schier endlosen begeisterten Applaus erhob sich Direktor Ludasi von seinem Platz und eilte auf die Bühne. »Verehrte Ehrengäste, verehrte Kollegen, liebe lernende Jugend!« begann er seine improvisierte Rede, als sich die Anwesenden noch nicht ganz von der Überraschung der spontanen Programmänderung erholt hatten. »Die Ungarisch-Sowjetische Freundschaftsgesellschaft, deren Vorstandsmitglied zu sein ich die Ehre habe, hat mir ein Geschenk anvertraut, damit ich es dem Schüler übergebe, der in unserer Lehranstalt den wichtigsten Beitrag zur Verbreitung der sowjetischen Kultur geleistet hat. Ich glaube, nach dieser heutigen Deklamation können wir keinen Zweifel mehr daran haben, wer unter uns diese Ehrung verdient hat. Hiermit überreiche ich Gábor Kolozs, Schüler der Klasse II a, die Auszeichnung der Ungarisch-Sowjetischen Freundschaftsgesellschaft.«

Damit nahm er eine kleine, mit Kunstseide gefütterte Pappschachtel aus der Tasche, öffnete sie und zeigte allen das tatsächlich außergewöhnliche Geschenk, eine nagelneue sowjetische Armbanduhr der Marke ›Pobjeda‹, und überreichte sie Gábor Kolozs. Im Zuschauersaal brach tosender Beifall aus. Gábor Kolozs stand wie erstarrt im Scheinwerferlicht und nahm die Uhr mit zitternden Händen entgegen. Was sich gerade hier vorn ereignete, erschien ihm einsichtig und nachvollziehbar. Aber er wollte nicht wahrhaben, daß dies alles mit ihm selbst geschah.

Mit einer einzigen Handbewegung brachte István Ludasi schließlich die achthundert Schüler zum Verstummen. »Ich muß noch für einen Augenblick um Ihre Aufmerksamkeit bitten«, sagte er. »Wir alle wissen, daß Gábor Kolozs nicht zu den besten Schülern unseres Gymnasiums gehört, obwohl in letzter Zeit gewisse positive Veränderungen sichtbar geworden sind. Wir hätten jeden Grund, Gábor Kolozs wegen seines nicht zufriedenstellenden Fleißes, seiner Passivität zu kritisieren und aufgrund einiger früherer Verfehlungen sogar zu verurteilen. Wir aber glauben an den Menschen, wir glauben auch an Gábor Kolozs und daran, daß er das herausragende Produkt der sowjetischen Uhrenproduktion nicht einfach zur Dekoration trägt, sondern es dazu benutzen wird, seine Zeit besser einzuteilen. Mit einem Wort«, und er wandte sich direkt an den Jungen, »wir erwarten von dir fleißiges Lernen und eine positive Haltung zum Kollektiv. Und jetzt hören wir zum Abschluß die Internationale, vorgetragen von Chor und Orchester unserer Schule, dirigiert von unserem werten Kollegen Dr. Rezsö Paulik.«

5

Eines war von Gábor Kolozs noch niemals in Zweifel gezogen worden und drang häufig direkt in sein Bewußtsein, sobald er nur in die Nähe der Synagoge kam: Er gehörte zu ihnen, zu den Juden. Das war für ihn eine absolute Gewißheit, vielleicht die einzige in seinem Leben. Wenn er mit dem Henkelmann die Armenküche in der Sípstraße betrat, erhoben die Stammgäste den Kopf und registrierten sofort, daß er es war, »der Junge mit dem Henkelmann«. Einige von ihnen sprachen ihn sogar gelegentlich an, zum Beispiel der alte Herr Fischer, der immer mit demselben spöttelnden Ton dieselbe Frage stellte: »Na, junger Mann, wie isses denn nun mit den Mädels?«, oder die gnädige Frau Mossbacher, die wie der Vater aus Kaschau stammte, bessere Tage gesehen hatte und von deren Familie niemand aus den Lagern zurückgekommen war. Aus der Vorkriegszeit kannte sie den Vater und seine ganze Familie, und gewiß schon zum zwanzigsten Mal erzählte sie begeistert vom Ball des Jüdischen Kulturvereins und davon, daß sie bei Damenwahl immer den Vater, der ein ausgesprochen fescher Knabe gewesen sei, zum Tanzen aufgefordert habe.

Und wenn die hundertzwanzig Kilo dicke Köchin den Henkelmann befüllt hatte, zwang sie Gábor Kolozs noch einen Apfel oder ein Cremeschnittchen auf und sagte: »Du könntest schon ein bißchen zunehmen, mein Süßer, du siehst doch aus wie ein Windhund!«

Ob er die Leute dort zufällig persönlich kannte oder nicht – ihre Blicke, die zittrigen Bewegungen, mit denen sie das Essen auf dem Bakelittablett von der Anrichte zum Tisch trugen, ihr nervöses Lachen oder die leisen Jammertöne, wenn sie sich beschwerten – alles war so, als sei es ihm seit tausend Jahren vertraut. Hier war er nicht fremd, sein dünnes Kindergesicht und seine kümmerliche Gestalt fielen zwischen den verrunzelten alten Gesichtern und den knochigen oder krankhaft verfetteten Körpern nicht weiter auf. Auch seine Kleidung wirkte nicht besonders armselig, denn er bekam sie ebenso vom Sozialausschuß der Gemeinde wie die Mutter ihre geliehene Nähmaschine oder der Vater sein kostenloses Mittagessen.

Andererseits hatte ihn dieses altbekannte Gewimmel inmitten meist unangenehmer Speisegerüche schon immer befremdet. Er fürchtete sich vor der in Blicken, Worten und Gesten verborgenen ohnmächtigen Trauer, und das kraftlose Herabsinken in das langsame Verderben, das nichts anderes war als die Fortsetzung der Schreckenszeit, die Vollendung der Verbrechen, ging ihm auf die Nerven. Wie konnten die Juden es einfach hinnehmen, dachte Gábor Kolozs, daß sie in solches Elend gestürzt wurden, das sich noch auf viele folgende Generationen auswirken würde? Warum waren sie nicht wenigstens gegen die Starkstromzäune gerannt? Warum hatten sie sich nicht auf das Wachpersonal geworfen, warum hatten sie nicht die Mauern des Ghettos zertrümmert, warum waren sie ohne den geringsten Klagelaut in die Viehwagen gestiegen? Und was hat dies alles mit jener hartnäckig verkündeten Auffassung zu tun, sie seien Gottes auserwähltes Volk? Wenn sie sich schon für auserwählt halten – warum reden sie nicht überall laut davon, warum schämen sie sich deswegen?

An diesem Tag gab es Pilzsuppe, der zweite Gang bestand aus Bauchfleisch mit Kürbisgemüse, und zum Nachtisch wurde Vanillepudding mit Eischnee serviert. Im einzelnen hätte das alles sogar schmackhaft und appetitanregend sein können, aber in dieser Zusammenstellung war der vereinte Geruch einfach ekelhaft. Dazu kam die unerträglich sauer riechende, lange nicht gewaschene Baumwolltasche, in der das Essen transportiert wurde. Gábor Kolozs kam es so vor, als sei sein ganzer Körper vom unerträglichen Gestank des Elends durchtränkt. Auf dem Kopf die hundertmal zerknüllte Gymnasiastenmütze, die man auch außerhalb der Schule tragen mußte, in seinem abgetragenen Mantel und seinen farblosen Schuhen blieb er für einige Sekunden vor dem Schaufenster eines Ladens stehen und betrachtete sich darin wie in einem Spiegel. Ein beklagenswertes Wesen blickte ihn an, das sich mit seinem Äußeren längst versöhnt hatte, weil es für ihn untrennbar mit

Herkunft und schicksalhafter Bestimmung zusammenzuhängen schien.

Gleichzeitig war ihm bewußt, daß das Gymnasium ›Benedek Virág‹ auch von ganz anderen Judenkindern besucht wurde – so zum Beispiel von György Röder, Sekretär der Jugendorganisation KISZ, gleichzeitig Mitglied der Jungen Garde und ein ausgezeichneter Scharfschütze. In der ersten Klasse gab es Tamás Cohen, den man für ein Sprachgenie hielt, obwohl sein Vater sechsundfünfzig abgehauen war, und in der II b Robi Singer, der zwar in einem Waisenhaus aufwuchs, aber trotzdem die Kulturarbeit im KISZ machte. Alle diese Jungen waren besser als er und hatten ihn bisher keiner besonderen Aufmerksamkeit gewürdigt. Zwar war nach der Feier zum 7. November György Röder auf ihn zugekommen und hatte ihm gratuliert, aber sicherlich nicht wegen des Gedichts, sondern nur wegen der Pobjeda-Armbanduhr.

Diese Uhr an meinem linken Handgelenk, dachte Gábor Kolozs, als er mitsamt dem Henkelmann den Klauzálplatz erreicht hatte, gehört zu einer anderen Welt, zu einem neuen Menschen. Sie verleiht ihrem Träger Eigenschaften, über die dieser früher nicht verfügen konnte. Als Gábor Kolozs nach seinem Auftritt in der ›Urania‹ von mehr Jugendlichen im Vestibül umringt war, als er sich jemals hätte träumen lassen, verstand er, daß jetzt mit ihm etwas geschah, was sein Leben nachhaltig verändern würde. Es war, als sei die Uhr ein ermunternder Gegenwert zum Henkelmann, ein Symbol des wahren Lebens, der berauschenden Möglichkeit, aus der Mausefalle in der Klauzálstraße herauszukommen. Folglich mußte es einen Ausweg aus dem Ghetto geben, und dieser wurde ihm jetzt geboten. Man konnte hier möglicherweise also doch noch glücklich werden.

Nur schien der Preis sehr hoch.

6

Es war elf Uhr abends, und die Gäste waren bereits vor einer guten Stunde gegangen. Ibolyka und Ludasi brachten die Sessel, Stühle und Hocker, aus denen sie heute einen kleinen Kinosaal aufgebaut hatten, um das neue Fernsehgerät der Marke ›Frühling‹ in Augenschein zu nehmen, an ihre angestammten Plätze zurück. Das Fernsehgerät war der eigentliche Held des Abends gewesen. Zu seinen Ehren hatte Ibolyka bereits um sechs Uhr nachmittags die Vorhänge zugezogen und auf dem großen Eßtisch Erfrischungsgetränke, Wein- und Schnapsflaschen, Erdnüsse, Kekse und Salzgebäck aufgebaut.

Als erste Gäste kamen Frau Kockás, Direktorin des Mädchengymnasiums ›Mária Lebstück‹, und ihr Gatte, ein Generalmajor a. D. István Ludasi mochte Frau Kockás nicht und hielt sie für einen hartgesottenen altmodischen Kader. Aber sie stand an der Spitze des zweiten großen Gymnasiums im Bezirk, und deshalb wollte er zu ihr besonders gute kollegiale Beziehungen pflegen. Frau Kockás verfügte über sehr gute Verbindungen. So hatte sie im Ministerium die umfassende Renovierung ihrer Schule durchgesetzt, und genau dies war für das Gymnasium ›Benedek Virág‹ ebenfalls unbedingt nötig.

Die nächste Besucherin, Bori Forgács, hatte Ludasi in der Bezirksparteischule kennengelernt. Bori war Gründungsmitglied des KISZ und arbeitete zur Zeit in der Abteilung Volksbildung des Zentralkomitees der Kommunistischen Partei. Parallel dazu studierte sie als Gasthörerin an der Literarischen Fakultät der Universität und wollte so schnell wie möglich den Parteiapparat verlassen. Sie war modisch gekleidet und trug einen Pferdeschwanz. Im Winter lief sie Ski, und im Sommer ging sie rudern. In den Kreisen des Jugendverbandes betrachtete man sie als eine durch und durch moderne Frau. Auf langweiligen Tagungen ertappte sich Ludasi des öfteren dabei, daß er mit Bewunderung an Bori dachte und sie heimlich mit seiner Ibolyka verglich. Diese Vergleiche blieben jedoch im Rahmen des Selbstlos-Ästhetischen – um so mehr, weil Bori einen ernsthaften Verehrer in Gestalt eines erfolgreichen Grafikers hatte, der sie auch jetzt zu diesem geselligen Abend begleitete.

Am meisten freute sich der Direktor über den Besuch von János Bódi und seiner Frau Kriszta, und zwar nicht, weil sein Gast eine hohe Funktion in der Abteilung für Marxismus-Leninismus des Ministeriums bekleidete. Er hatte seinerzeit zusammen mit Ludasi bei den Sondereinheiten des Innenministeriums gedient, und später hatten sie zusammen an der neuen Schulordnung für Gymnasien gearbeitet. János Bódi war immer ein hervorragender Genosse und für Ludasi ein guter Kumpel gewesen. Im Apparat nannte man sie »Castor und Pollux«. Später war Bódi in das Innenministerium berufen worden, und zwei Jahre lang hatten sie sich kaum noch gesehen. Vom heutigen Abend erwartete Ludasi die Wiederbelebung ihrer legendären Freundschaft.

Leider kam alles ganz anders.

Dabei hatte das Gespräch in allseitig guter Stimmung begonnen. An diesem Abend lief im Fernsehen der Film ›Schwere Boxhandschuhe‹. In den Kinos war er bereits im vergangenen Jahr gezeigt worden, aber auf dem kleinen Bildschirm wirkte der Film ganz anders als auf der Kinoleinwand. So war das Publikum im Wohnzimmer der Ludasis nicht nur von der Filmhandlung fasziniert, sondern ebenso von der besonderen Dienstleistung, die den Film direkt in diese privaten vier Wände brachte, so daß sie das Gefühl hatten, mit den Schauspielern an einem Tisch zu sitzen. Der Boxweltmeister László Papp spielte in dem Film einen Boxchampion, den die Liebe zu einer Frau aus dem tiefen Tal, das durch eine Niederlage verursacht worden war, wieder auf das Siegertreppchen brachte. Das liebende Mädchen war ein durch und durch modernes Geschöpf – in manchem, so fand zumindest Ludasi, seiner Freundin Bori Forgács nicht unähnlich.

Über den Film selbst waren die Gäste geteilter Ansicht. Frau Kockás fand die zur Schau getragene Körperlichkeit maßlos. »Wozu das tiefe Dekolleté, das Nachthemd und die geschmacklosen Szenen, wo Mann und Frau im Bett zu sehen sind?« fragte sie, keinen Widerspruch duldend. »Der heutige ungarische Film ist ein Sammelsurium von Busen- und Beinkult.« Sie blickte ihren Gatten herausfordernd an, aber der Generalmajor a. D. schien an diesem Thema kein besonderes Interesse zu haben und trank wortlos seinen Wein.

Bori Forgács plädierte entschlossen dafür, dem Film hohe Wertschätzung entgegenzubringen. Zwar kritisierte sie seine künstlerischen Schwächen, die sich ihrer Auffassung nach vor allem daraus ergaben, daß er zu sehr auf die persönliche Popularität von László Papp ausgerichtet war, aber die Liebeslinie fand sie ausdrücklich interessant. »Was ist so schlecht daran, daß die Heldin ein Nachthemd trägt? Was sollte sie am späten Abend oder frühen Morgen denn anderes tragen? Vielleicht ein Tweedkostüm? Und was habt ihr gegen Küsse oder Betten? Meiner Meinung nach hat gesunde Erotik durchaus ihre Berechtigung in der Kunst.« Und der Grafiker fügte mit komplizenhaftem Grinsen hinzu: »Auch im Leben.«

Hier schaltete sich István Ludasi in die Diskussion ein. »Ich meine«, sagte er, »daß man diesen Film kaum als Meisterwerk bezeichnen kann. Er ist einfach handwerklich gut gemacht und außerdem nützlich. Denn worum geht es eigentlich? Es geht doch darum, daß der neue sozialistische Menschentypus sich manchmal wortwörtlich durchboxen muß, und individuelles Glück ist dazu da, ihn bei der Bewältigung seiner Schwierigkeiten zu unterstützen. Es ist eine besondere Pointe, daß Laci Papp die Hauptrolle übernommen hat, denn der Zuschauer identifiziert sich leichter mit einem Boxweltmeister als mit einem abstrakten Ideal.« Überhaupt schätzte Ludasi die Möglichkeiten des Fernsehgeräts außerordentlich hoch ein. »Heute haben erst Tausende den Zugang zum Bildschirm, aber in einigen Jahren gibt es ein Millionenpublikum. Lenin hat seinerzeit zu Recht behauptet, daß für uns von allen Künsten das Kino am wichtigsten ist. Wäre er noch am Leben, dann würde er inzwischen gewiß das Fernsehen als Wichtigstes bezeichnen.« Und damit war auch Frau Kockás einverstanden.

Dann kam er auf das Gymnasium zu sprechen. Ludasi berichtete über den Erfolg der Feierlichkeiten zum 7. November. Er schilderte den Vortrag des Majakowski-Gedichts durch Gábor Kolozs und betonte, daß hier ein sogenannter schlechter Schüler eine ganz außerordentliche Leistung vollbracht habe. »Warum haben wir diesen kleinen Menschen nicht bereits früher bemerkt?« fragte er, um unmittelbar selbst zu antworten: »Deshalb, weil wir nicht radikal genug waren. Denn was heißt es eigentlich, radikal zu sein?« Er redete sich immer mehr in Begeisterung, und seine Leidenschaft wurde zusätzlich von der Mischung aus Tokajer Furmint und Aprikosenschnaps angeheizt. »Radikal zu sein im Marxschen Sinn bedeutet so viel wie ad hominem, an den Menschen zu appellieren. Das heißt, man muß den Menschen direkt ansprechen, in ihm die entsprechenden Saiten zum Klingen bringen. Dazu müssen wir natürlich vor allem an den Menschen glauben, selbst auf die Gefahr hin, manchmal enttäuscht zu werden.«

Ludasi blickte bedeutungsvoll in die Runde, nahm einen großen Schluck Schnaps und fuhr dann enthusiastisch fort: »Schade, daß wir Kommunisten sehr oft meinen, auf die menschlichen Ressourcen verzichten zu können. Wir haben Gábor Kolozs zu einem schlechten Schüler und Betrüger erklärt, und dann kümmerte uns sein weiteres Schicksal nicht mehr. Und wir benehmen uns nicht nur in der Schule so. Wer sich bei uns einmal geirrt hat, dem verzeihen wir niemals. Kein Wunder, daß wir Angst und Unterwürfigkeit erzeugen, wo wir eigentlich Vertrauen und Einsicht herstellen müßten.«

Hier unterbrach János Bódi unerwartet den Monolog. Bisher hatte er sich damit begnügt, eifrig ein Schnapsglas nach dem anderen zu leeren.

»So ein kleinbürgerlich-intellektuelles Gewäsch habe ich zum letzten Mal im Petőfi-Club gehört. Die Folgen sind bekannt.« Dann tat er so, als wolle er das Thema wechseln, wandte sich an Ibolyka und fragte mit freundlichem Lächeln: »A propos – wie geht es eigentlich deinem Bruder?«

Ludasi war soeben im Begriff, einen Schluck Tokajer zu sich

zu nehmen, aber er begann zu zittern, und fast fiel ihm das Glas aus der Hand. Er brachte kein einziges Wort über die Lippen, sondern starrte nur seinen alten Freund Bódi an. Eine heikle Stille entstand. Außer den Ehepaaren Ludasi und Bódi konnte jedoch niemand begreifen, wie dieser Schrecken und diese Sprachlosigkeit durch eine höfliche familiäre Erkundigung hatte ausgelöst werden können. Ludasi hatte von der Partei die direkte und unmißverständliche Instruktion erhalten, in jedem Fall zu verschweigen, daß sein Schwager László wegen konterrevolutionärer Umtriebe im Gefängnis Márianosztra saß, und er hatte sich an diese Weisung gehalten. Er selbst hatte mehrmals, zum letzten Mal vor seiner Ernennung zum Direktor, über die Angelegenheit mit den zuständigen Genossen gesprochen. Soweit schien die Sache hinreichend geregelt zu sein. Was hatte nun diese Frage von Bódi zu bedeuten?

Ibolyka ließ sich nicht aus der Fassung bringen. »Danke für deine nette Nachfrage«, sagte sie ein wenig spöttisch. »Laci geht es gut. Natürlich den Umständen entsprechend.« Dann schob sie eine Flasche Pflaumenschnaps über den Tisch. »Da, probier mal. Der ist was für dich!«

Bódi wollte sich schon mit düsterem Gesicht einen Schnaps eingießen, aber blitzschnell nahm Kriszta ihm die Flasche weg. »Es ist besser, wenn er nicht so viel säuft«, sagte sie scharf. »Dann kann er nämlich zwischen einem Genossen und einem Klassenfeind nicht mehr unterscheiden.« Sie maß ihren Mann mit einem verächtlichen Blick, und dieser krümmte sich beinahe.

Von diesem Zwischenfall an kam das Plaudern zum Stokken. Bori Forgács spürte, daß Bódi hier ein Tabu berührt hatte und aus irgendeinem Grund daran interessiert war, Ludasi in eine schwierige Situation zu bringen. Sie konnte István Ludasi gut leiden, und nur deshalb startete sie einen Versuch, die Lage zu retten.

»Ich habe einen neuen Witz gehört«, begann sie mit einer Heiterkeit, die ein wenig zu larmoyant klang. »Amerikanische Astronauten landen auf dem Mars. Sie verhandeln mit der

Regierung des Planeten und wollen als richtige Yankees gleich alles an sich reißen. ›Hier wird ein Wolkenkratzer stehen‹, sagen sie an einer Stelle, ›hier bauen wir eine Bank‹, sagen sie an einer anderen, an der dritten planen sie einen Vergnügungspark. Da sagt der Chef der Marsianer: ›Das geht nicht, Gentlemen. In der vorigen Woche war bereits ein kahlköpfiges dickes Männchen aus der Sowjetunion hier. Er sah sich um und sagte dann zu uns: 'Wir werden das Ganze mit Mais bebauen'‹.«

Dieser Witz hatte durchschlagenden Erfolg bei dem Generalmajor a. D. Der alte Haudegen, ehemals Zögling der Partisanenschule von Krasnogorsk, grölte vor Vergnügen und schlug sich dabei auf die Schenkel, während er gleichzeitig versuchte, den tieferen Humor dieses Witzes seiner Gattin zu erklären: »Weißt du, wer dieses kahlköpfige dicke Männchen ist? Weißt du nicht? Na, der Genosse Chruschtschow! Er forciert doch überall den Maisanbau!« Er lachte schallend und erklärte dann weiter: »Ganz Sibirien hat er mit Mais bebaut! Ganz Sibirien! Stell dir das vor!« – Er schlug sich vor die Stirn, schnappte nach Luft und japste: »Auf russisch heißt Mais übrigens Kukuruza.« Und er wiederholte das Wort dreimal, wie ein Hahn, wenn er Kikiriki schreit: »Kukuruza! Kukuruza! Kukuruza!« Dann fügte er hinzu, den eigenen Humor genießend: »Wenn ich nur wüßte, wer sich all diese spitzfindigen Witze ausdenkt!«

Frau Kockás, sichtbar peinlich berührt, schaute unsicher in die Runde, die den gutgemeinten Scherz von Bori nur mäßig genossen hatte. »Ich würde an deiner Stelle mit dem Genossen Chruschtschow keinen Spott treiben«, wandte sie sich mit eisiger Stimme an ihren Mann. »Und über den Mais spotten würde ich auch nicht.« Dann warf sie einen ebenso kalten Blick auf Bori Forgács und sagte: »Der Mais ist eine Existenzfrage für die sowjetische Landwirtschaft. Und das ist nun wirklich kein Witz!«

János Bódi trank an diesem Abend nichts mehr. Gegen elf Uhr erhob er sich langsam, gestützt von seiner Frau. Zum Abschied fiel er István Ludasi um den Hals und sagte: »Nichts für ungut, Bruder. Wir sind vereint in der proletarischen Diktatur.«

Darüber brach die Gesellschaft einhellig in Gelächter aus, aber der Spaß war allen an diesem Abend gründlich vergangen.

»Dein Kumpel will uns fertigmachen«, sagte Ibolyka, als sie wieder allein waren.

»Du siehst Gespenster«, versuchte Ludasi sie zu beruhigen, »hast du nicht gesehen, wie blau er war? Wenn er säuft, kommen bei ihm die Sondereinheiten-Reflexe hoch.«

»Kann sein, daß er besoffen war«, antwortete Ibolyka, »aber er hat mit Sicherheit nur das gesagt, was er in nüchternem Zustand denkt.«

7

Gábor Kolozs wurde von Gewissensbissen gepeinigt. Vor kurzem hatte er Ludasis Angebot, ihm jederzeit mit Rat und Hilfe zur Seite zu stehen, mit einem schnellen »In Ordnung« und einem Händedruck akzeptiert. Jetzt, wo er etwas mehr Zeit zum Überlegen hatte, fürchtete er, diese positive Reaktion könnte vorschnell gewesen sein. Er hatte zum Zeitpunkt der Unterredung nicht bedacht, daß der Direktor etwas mehr von ihm erwarten könnte als nur bessere Noten in Chemie oder Physik. István Ludasi war Kommunist, und dies bedeutete auch, daß er überzeugter Gottesleugner war. Gábor Kolozs hingegen war auf jeden Fall Jude, selbst wenn die Mutter noch so viel Schläue aufbot, um dies zu verbergen. So etwas ließ sich einfach nicht geheimhalten – und zwar nicht deswegen, weil der unglückliche Vater bei dem Besuch Ludasis zufällig seine Kipa aufgesetzt hatte, sondern – und da hatte der Vater recht – weil so etwas früher oder später immer herauskommt. Gleichzeitig mußte der Direktor aus dieser Tatsache nicht unbedingt schließen, daß Gábor Kolozs gläubig war. Und mit dem Aufsagen des Majakowski-Gedichts konnte er ungewollt den Eindruck vermittelt haben, er identifiziere sich mit der kommunistischen Weltanschauung des sowjetischen Dichters. Als Ludasi ihm die Pobjeda-Armbanduhr überreichte, hatte er diese auch angenommen – eine Geste, mit der er vor achthundert Schülern seinen Bund mit dem Direktor und folglich mit dem Kommunismus besiegelt hatte.

Die Religion und der Kommunismus, dachte Gábor Kolozs, unterscheiden sich voneinander wie Feuer und Wasser, aber in einem sind sie einig: Beide verlangen von ihren Adepten bedingungslose Ehrlichkeit. Gott hat es seinerzeit am Berge Sinai für nötig gehalten, bei den zehn Geboten, die er dem Mose gab, der Lüge besondere Aufmerksamkeit zu widmen. Und wenn ich gegenüber Ludasi meinen Gottesglauben leugne, dann vergehe ich mich gegen die Gebote der kommunistischen Moral, wie sie Ludasi im Fach ›Grundlagen unserer Weltanschauung‹ erörtert hat.

Mit einem Wort: Für Gábor Kolozs stand fest, daß er mit Ludasi reden und ihm reinen Wein einschenken mußte. Er konnte es nicht so weit kommen lassen, daß er wieder bei einem Vergehen gegen die guten Sitten ertappt wurde, welches schwerer wog als das der Fälschung von Unterschriften.

Gábor Kolozs sah schreckliche Bilder vor sich. So kommt er zum Beispiel am Freitagabend soeben aus der Synagoge am Bethlenplatz. Er steht neben dem Vater im Kreis der Glaubensbrüder, die allesamt schwarze Hüte und schwarze Anzüge tragen und sich während des Gesprächs beinahe rituell vorbeugen. Ludasi kommt plötzlich auf die Gruppe zu, Gábor Kolozs steckt blitzschnell sein Käppchen in die Tasche und flitzt auf die andere Straßenseite, hinüber zum Lichtspielhaus ›Bethlen‹. Von dort aus grüßt er dann laut: »Guten Abend, Herr Direktor, heute spielt man ›Die Kraniche fliegen‹, ein so guter Film, daß ich ihn mir bereits zum dritten Mal anschaue.« Wie aber sollte er sich verhalten, wenn er den Direktor nicht rechtzeitig bemerkte? Sollte er dann überhaupt ein Wort sagen oder nur wortlos neben dem Vater stehenbleiben, dem armen Vater mit seinem Gesicht wie drei jüdische Gemeinden, und ebenfalls einen traurigen Blick auf den Direktor richten? Ja, der Direktor würde ihn ebenfalls traurig anschauen und sagen: »Du hast mich enttäuscht, mein Junge. Damit also verbringst du deine kostbare Zeit! Habe ich dir dafür etwa die Uhr geschenkt?« – Und Gábor Kolozs würde verschämt die unverdiente ›Pobjeda‹ von seinem Handgelenk abschnallen und Ludasi zurückgeben.

Dabei war die ›Pobjeda‹ so schön. Sie hatte ein hellblaues Zifferblatt mit pechschwarzen halbfetten Ziffern, einen sich ständig bewegenden Sekundenzeiger, und auf der silbern funkelnden Rückseite war die Seriennummer des Fabrikats eingraviert, versehen mit der stolzen Inschrift: »Ssdjelano v SSSR«. Kurzum, ein wahres Kunstwerk. Und wenn Gábor Kolozs sie ans Ohr hielt, war ihm, als höre er den ruhigen Puls der Zeit selbst. Doch manchmal fragte er sich, ob das nicht sein eigenes Herzklopfen war, welches er hörte, wenn er vor dem Schlafengehen, bereits im Bett sitzend, das wundervolle Gebilde wieder und wieder behorchte, betrachtete, aufzog und neu stellte. Diese Uhr war der erste wirkliche Schatz in seinem Leben.

Auf jeden Fall mußte er mit Ludasi reden. Aber wie, unter welchem Vorwand sollte er die Begegnung suchen?

Zum Glück gab István Ludasi selbst den Anstoß zu einem Gespräch. Eine Woche nach der Gedenkfeier im Kino ›Urania‹ ließ er ihn zu sich kommen. Er gratulierte ihm warm zu seinen schulischen Fortschritten und warnte ihn gleichzeitig, sich allzuviel darauf einzubilden und sich mit diesen anfänglichen Erfolgen zufriedenzugeben. »Ich habe gehört, daß die Lösung von Beispielaufgaben in der Mathematik und Physik noch sehr stockend ist«, merkte er an, »bitte übe dich darin noch ein bißchen.« – »Jawohl, Herr Direktor«, antwortete artig Gábor Kolozs, und dann kam er, ermuntert durch Ludasis Wohlwollen, zu seinem eigenen Anliegen:

»Ich habe eine Frage, Herr Direktor. Eine weltanschauliche Frage.«

»Tatsächlich?« Ludasi war angenehm überrascht. »Dann stell sie doch in der nächsten Weltanschauungsstunde!«

»N...nein«, stammelte Gábor Kolozs mit flammend rotem Gesicht, »weil ... es ist vertraulich. Ich möchte nicht vor den anderen ...«

»Da sieh mal einer an. Auf diese heimliche Frage bin ich aber gespannt!«

»Es handelt sich darum«, Gábor Kolozs war sichtlich angestrengt, »es handelt sich darum, daß Sie uns erzählt haben, früher hätte der Thomas von Aquin, dieser Heilige, Gottesbeweise gesammelt.« Der Direktor schaute ihn aufmunternd an, und Gábor Kolozs setzte nun in etwas forscherem Ton fort:

»Damit man das Volk besser unterdrücken kann. Und es wurde auch unterdrückt. Jetzt wird es nicht mehr unterdrückt. Aber hat jemand inzwischen die Beweise, daß es keinen Gott gibt, gesammelt? Damit sie immer vorhanden sind? Zum Beispiel in einer Bibliothek, in der jeder sie kennenlernen kann? Behaupten reicht nicht aus. Man braucht auch Beweise.«

Ludasi war über Gábor Kolozs' Gedankengang sehr verwundert. Nur ein Atheist von altem Schrot und Korn, dachte er, wäre imstande, diese Frage auf Anhieb zu beantworten. Eines ist sicher: Wenn wir bereit wären, über solche Themen mit den Jugendlichen ehrlich zu diskutieren, gäbe es weniger Rowdies und Halbstarke, und wir müßten uns keine Sorgen um die künftige Generation machen. Laut sagte er, nach einer gewissen Bedenkzeit: »Eine hervorragende Frage. Ich möchte dich bitten, sie in der nächsten Weltanschauungsstunde zu stellen.«

»Das kann ich nicht, Herr Direktor, die Frage interessiert mich persönlich ...«

»Soll ich das so verstehen, mein Junge«, und jetzt geriet Ludasi aufgrund der plötzlichen Erkenntnis in Verlegenheit, »daß du selbst an Gott glaubst?«

»Ja!« kollerte das Geständnis aus dem Munde von Gábor Kolozs, und er dachte: Schlimmstenfalls nimmt er mir die Uhr wieder weg. Nach einer Pause fragte er, sichtlich erleichtert: »Bin ich sehr schlecht?«

»Überhaupt nicht!« Der Direktor zuckte die Achseln. »Schließlich beteiligen sich auch Gläubige an unserem sozialistischen Aufbauwerk. Es sitzen Geistliche im Parlament des Volkes, vom Ungarischen Friedensrat gleich gar nicht zu sprechen.« Er wußte aber, daß er an einem heiklen Punkt angelangt war. Um Zeit zu gewinnen, fragte er den Jungen: »Du sagst, du glaubst an Gott. Was bedeutet dieser Glaube für dich?«

»Daß ich ihn suche«, antwortete Gábor Kolozs, nunmehr ermutigt, weil er sah, daß Ludasi seinen Glauben ernst nahm. Und er wollte noch ehrlicher sein. »Ich suche ihn, und ich finde ihn nicht. Ich rufe ihn, aber er meldet sich nicht. Was wird, wenn ich dem KISZ beitreten muß?«

»Das ist ein Mißverständnis, mein Junge!« sagte Ludasi laut, und in seinem Blick erschien ein strenger Zug. »Du mußt nirgendwo beitreten. Niemand muß dem KISZ beitreten. Der KISZ ist keine Massenorganisation, sondern eine Avantgarde, ein freiwilliger Kampfverband der kommunistischen Jugendlichen. Selbstverständlich ist diese Organisation per se atheistisch. Ein religiöser Schüler wird dort nicht aufgenommen. Was deine Lernerfolge anbelangt, bist du bereits jetzt geeignet, ein Mitglied des Kommunistischen Jugendverbands zu werden. Ob du das aber auch willst – das ist einzig und allein deine Entscheidung!«

Darauf folgte ein längeres Schweigen. Die Herausforderung war nun offen formuliert, und im Körper von Gábor Kolozs machte sich eine bleierne Müdigkeit breit. Er bereute bereits, sich auf dieses Gespräch eingelassen zu haben. Hier gab es keinen Ausweg. Entweder mußte er Gott verleugnen, was eine Todsünde war, oder er mußte einen Rückzieher machen, zurück in die Zeit vor der Gedenkfeier zum 7. November, als er im Kino ›Urania‹ das Majakowski-Gedicht vortrug, oder weiter zurück bis zur Schuljahreseröffnung, als er zum ersten Mal dem Direktor aufgefallen war. Vielleicht hatte Ludasi schon damals beschlossen, aus ihm einen Atheisten zu formen. Er schwieg mit zusammengepreßten Zähnen.

Ludasi spürte, daß er einen Fehler gemacht hatte. Entgegen seiner besseren pädagogischen Einsicht hatte er Druck auf den Jungen ausgeübt. Sein Instinkt riet ihm, einen Rettungsanker zu werfen, und nach einigem Nachdenken sagte er:

»Hör zu, Gábor. Ich will ganz ehrlich zu dir sein. Einen Beweis dafür, daß Gott nicht existiert, gibt es ebensowenig wie einen Beweis für die Existenz Gottes. Ich denke auch nicht daran, irgendwelche Beweise zu suchen, weil das nicht meine Aufgabe ist. Warum liefert eigentlich nicht Gott selbst den Beweis für seine Existenz? Du sagst mir, daß du Gott suchst. Und daß du ihn nicht finden kannst. Das ist ziemlich traurig. Aber hast du schon mal daran gedacht, mein lieber Junge, daß diese Anhänglichkeit ein bißchen einseitig ist? Warum sucht Gott nicht nach dir? Warum rufst du immer nach ihm, er aber nicht nach dir? Überhaupt könnte er mal so gnädig sein, ab und zu von seinem himmlischen Thron herunterzugucken auf die von ihm erschaffene Welt. Ich hätte schon ein paar Ideen, wie er sein Schöpfungswerk besser in Ordnung halten könnte.«

Der Direktor hatte sich ein wenig in Hitze geredet, dann aber lehnte er sich zurück, entspannte sich und schaute Gábor Kolozs liebevoll an. »Wir sollten diese Diskussion jetzt bleiben lassen. Ich freue mich sehr, daß du mir gegenüber so ehrlich bist. Bitte denk' über all diese Sachen nach, aber laß dir mit den Schlußfolgerungen ruhig Zeit. Der KISZ kann warten. Für mich ist einzig und allein wichtig, daß du ein guter Schüler wirst. Alles andere ist nicht eilig.« Er legte seine Hand auf die Schulter des Jungen und begleitete ihn zur Tür des Direktorzimmers.

8

Die Mutter wollte erst kaum glauben, daß Gábor Kolozs die Pobjeda-Uhr geschenkt bekommen hatte – und dann auch noch vom Direktor. »Wenn das wirklich stimmt, dann hat der auch nicht alle Tassen im Schrank«, kommentierte sie. »Wie kommt er dazu, so teure Geschenke zu machen?« Sie sah, wie der Sohn seinen wohlbehüteten Schatz beim Anziehen unter dem Ärmel des Pullovers versteckte, und glaubte anfangs sogar, er habe die Uhr von einem Klassenkameraden gestohlen. »Du bringst uns noch die Polizei auf den Hals!« kreischte sie.

Manchmal brachte sie ihr Mißtrauen auch in der Sentenz zum Ausdruck: »Wie gewonnen, so zerronnen.«

Auch die erste gute Note in Erdkunde nahm sie mißtrauisch auf: »Ausgerechnet du sollst so eine gute Note gekriegt haben? Ist doch alles Schwindel!« Mißmutig versah sie die merkwürdigen Zensuren in der Sparte ›Verdienstnoten des Schülers‹ im Ordnungsheft mit ihrer Unterschrift. Der Vater wollte seit dem Vorfall im vorigen Schuljahr nicht mehr in das Ordnungsheft Einblick nehmen und beschäftigte sich ohnehin nicht mehr mit schulischen Angelegenheiten. Er sah, wie sein Sohn sich an jedem Nachmittag für ein oder zwei Stunden in die Lehrbücher vertiefte und fleißig büffelte, aber er maß diesem Phänomen keine besondere Bedeutung bei.

Überhaupt gab es nichts mehr, dem Dr. Dániel Kolozs noch Bedeutung beimaß. Sein Leben würde sich, da seine Verrentung unmittelbar bevorstand, demnächst endgültig auf diese Parterrewohnung im ehemaligen Ghetto reduzieren, in die er im Sommer 1945 aus Mauthausen zurückgekehrt war. Damals hatte er zum ersten Mal seinen Sohn gesehen. Denn Gábor Kolozs wurde kurz nach dem Ereignis geboren, das seinen Vater seelisch und körperlich gebrochen hatte. Vor der Ziegelfabrik, wo die Juden sich sammeln mußten, hatte man Dr. Dániel Kolozs in einen Viehwagen gestoßen. Er fuhr mit einem der letzten Transporte, denn der Reichsverweser Horthy hatte wenige Tage später die Deportationen der Juden beenden lassen.

Das eigene Schicksal betrachtete er als abgeschlossen, und er wehrte sich nicht dagegen. Was geschehen ist, dachte er, ist nicht mehr zu ändern. Das ist nicht nur Vergangenheit, sondern außerdem Zukunft. Was gewesen ist, wird bleiben bis zum Ende aller Zeiten. Mit Mauthausen und den Konzentrationslagern, in denen er vorher gewesen war, war sein Leben in ein tödliches Fahrwasser gekommen, aus dem es kein Entrinnen gab und das ihn 1945 auf die Treppe vor dieser Wohnung gespült hatte. Seit fünfzehn Jahren geschah nichts mehr mit ihm und für ihn, nur der Aufzug im Warenhaus bewegte sich durch seine Handbewegungen auf und ab, auf und ab und blieb trotzdem an derselben Stelle. Bald würde es auch damit zu Ende sein. Am 31. Dezember 1959 würde man ihn aufgrund seines schlechten Gesundheitszustands pensionieren.

Einstmals, es lag schon Jahre zurück, hatte er noch darauf gehofft, daß sein Sohn es zu etwas im Leben bringen könnte, daß sich vielleicht sogar sein eigenes kaputtes Leben mit Hilfe dieses Kindes zum Besseren wenden könnte. Gábor war gescheit und lebendig. In den letzten zwei Jahren hatte er jedoch immer mehr den Halt verloren, und diese Fälschungsaffäre im letzten Jahr war wirklich ein Abgrund. Dr. Dániel Kolozs machte dafür nicht nur seinem Sohn, sondern auch sich selbst Vorwürfe. Er glaubte, die Unfähigkeit Gábors zu kontinuierlicher Arbeit, diese geistige und praktische Faulheit sei im Grunde nichts weiter als der Spiegel seiner eigenen Gemütskrankheit. Woher aber hätte er Mut, Lebensfreude und Arbeitswillen nehmen sollen, die er dem Knaben so gern mit auf den Weg gegeben hätte?

Ab Oktober gab es dann die ersten Anzeichen von verbesserten schulischen Leistungen bei Gábor Kolozs. Das Kind berichtete dem Vater von seinem Gespräch mit dem Direktor: Ludasi habe keine Einwände gegen seinen Glauben erhoben, was von einem Kommunisten wirklich nett sei, und er habe ihm außerdem gesagt, seine schulischen Leistungen seien theoretisch bereits jetzt gut genug, um Mitglied im Kommunistischen Jugendverband werden zu können.

Der Vater freute sich über die guten Nachrichten und wurde plötzlich ganz munter. »Solche Botschaften sind gut gegen meine Kopfschmerzen«, sagte er, »besser als diese ekligen Pillen.« An diesem Tag verzehrte er den Inhalt des Henkelmanns restlos. Allein die Sache mit dem KISZ schien ihm irgendwie verdächtig.

»Was heißt, deine Leistungen seien theoretisch gut genug? Nimmt man bei diesem KISZ denn überhaupt Juden auf?« fragte er besorgt.

»Aber sicher doch, Vater«, beruhigte ihn Gábor Kolozs. »Im Jugendverband wimmelt es nur so von Juden.« Und er zählte die drei aktivsten Schüler auf: Da war zunächst der KISZ-Sekretär György Röder, dann Tamás Cohen, der noch in die erste Klasse ging, und Robi Singer aus der II b.

»Ja, ist schon gut!« Der Vater machte eine abwehrende Handbewegung. »Du weißt ganz genau, was ich meine. Ich denke nicht an Marranhos oder Renegaten, sondern an echte Juden. Ich möchte nicht, daß du dich von unserem Gott abwendest.«

9

Gegen Schluß der Gedenkfeier war Dr. Rezsö Paulik kurz vor einem heftigen Wutausbruch, und gleichzeitig ergriff ihn ein Ekel ungeahnten Ausmaßes. Während er die Internationale, dargeboten von Schulchor und Orchester, dirigierte, nahm er die Gesichter der Schüler vor sich nicht wahr. Er sah nur noch das vergeistigte, glückliche Gesicht von Gábor Kolozs, wie dieser die russische Armbanduhr aus Ludasis Hand entgegengenommen hatte. Paulik konnte kaum abwarten, bis die Schlußakkorde verklungen waren. Er wandte sich dem Publikum zu, verbeugte sich mit falschem Grinsen, stürzte fast von der Bühne wie von der Tarantel gestochen, rannte zur Garderobe und floh dann aus dem Kinogebäude. Erst auf der Rákóczi-Straße hielt er inne und löste den Knoten seiner Krawatte, aber er spürte noch lange den Würgegriff an seinem Hals.

Später wurde ihm etwas leichter, und während er in der Ecke einer kleinen Espressobar saß, fand er plötzlich die Anstrengungen des Regimes, ein klein wenig Sowjetfreundlichkeit bei den Jugendlichen zu bewirken, geradezu komisch. Es wird ihnen nicht gelingen, dachte er, und zwar nicht nur deshalb, weil diese Generation, wenn auch noch im Kindesalter, die Revolution erlebt hat und sich an die Panzer und die Toten erinnert. Nein, die Kommunisten sind außerdem wegen ihrer primitiven, zwanghaften Agitation zum Scheitern verurteilt.

Aber die öffentliche Belobigung mittels einer Pobjeda-Armbanduhr regte Paulik dennoch maßlos auf. Das war keine

Propaganda mehr, sondern feinsinnige, durchtriebene, kalkulierte Seelenvergiftung. Und er beschloß, Ludasis Manöver mit Entschiedenheit und aller nötigen Vorsicht abzuwehren. Er würde nicht zulassen, daß man aus diesem Gábor Kolozs ein Mustermitglied der Kommunistischen Jugend, eine sowjetische Propagandapuppe machte. Von diesem Gesichtspunkt aus erschien es ihm auch völlig gleichgültig, für welche Konfession er diese Seele retten würde.

Im Anschluß an die nächste Gesangstunde legte er seine Hand freundschaftlich auf die linke Schulter des Schülers. »Na, Gábor«, fragte er lächelnd, »sollen wir unser Gespräch gelegentlich mal fortsetzen?« Wenn er jetzt ablehnt, dachte er, egal mit welcher Begründung, dann ist es schon zu spät, und das Gift hat bereits gewirkt. Gábor Kolozs antwortete jedoch ohne nachzudenken, völlig entspannt und mit leuchtenden Augen: »Sehr gern, Herr Lehrer.«

10

»Kommen Sie bitte, liebe Kollegen, kommen Sie, gehen Sie nur voraus!« Anfang Dezember, kurz vor den Winterferien, geleitete István Ludasi eine Delegation von Schulinspektoren durch seine Schule und führte sie zur Unterrichtshospitation in die Klasse II a. Die hohen Herren blickten sich um und sahen Wände mit Schimmelgrafik, brüchige Bänke und abgetretenes Linoleum mit uralten, unausrottbaren Schmutzflekken. Der Direktor fing ihren enttäuschten Blick auf. »Naja«, sagte er und breitete die Arme aus, »so arm ist unser Bezirk.« Die Inspektoren nahmen auf Stühlen seitlich neben den länglichen Bankreihen Platz. Der Direktor winkte der Lehrerin Tóth zu, sie solle sich nicht stören lassen und eine Chemiestunde abhalten wie gewohnt.

Als ersten bat die schrullige Frau Tóth den Schüler Gábor Kolozs zur Tafel. »Womit können wir die säubernde Wirkung der Seife erklären?« fragte sie. »Eine der Ursachen für die Reinigungsfähigkeit der Seife«, antwortete der Junge, »ergibt sich daraus, daß ihre Lösung infolge der Hydrolyse eine leicht laugenhafte chemische Wirkung hat. Die Laugenlösung greift die den Schmutz fixierenden Fette an. Die dadurch freigesetzten Fettsäuremoleküle bilden eine lange zickzackförmige Kette und legen sich mit ihrer Karboxylgruppe in Richtung des Wassers, während sie sich mit ihrer Kohlenwasserstoffkette in der entgegengesetzten Richtung auf der Oberfläche des Wassers plazieren.«

Dies war eine korrekte und sehr präzise Antwort, und es wäre schwer gewesen, den Sachverhalt besser zu formulieren. Die Inspektoren waren tief beeindruckt. Unmittelbar zuvor hatte Ludasi den Kollegen im Direktorzimmer bei schwarzem Kaffee und Sodawasser die Vorgeschichte des Schülers Gábor Kolozs erzählt: Dieser sei in der ersten Klasse der schlechteste in Chemie gewesen und habe nur aus Gnade die Nachprüfung geschafft. Im Anschluß an seinen Beitrag blieb Gábor Kolozs noch vor der Klasse stehen und wartete ab, was weiter passieren würde. Der Oberschulrat Tibor Székács, Hauptstadtinspektor für Chemie, beäugte argwöhnisch den mickrigen, armselig gekleideten Jungen und bemerkte mit mildem Spott: »Du weißt gut Bescheid, mein Junge. Sogar sehr gut. Als hättest du das Ganze aus einem Buch abgelesen. Du hast den Seifen eine wahre Lobeshymne gesungen. Kannst du uns aber diesen chemischen Prozeß auch an der Tafel verdeutlichen?«

Die Lehrerin Tóth warf einen besorgten Blick auf Gábor Kolozs. Der Junge summte jedoch bereits die Formel vor sich hin, von deren Sinn er nicht die leiseste Ahnung hatte, die er aber, wie alles andere, auswendig konnte. Und er schrieb in allergrößter Seelenruhe an die Tafel:

CH2-OOC-C17H35 CH2-OH
| |
CH-OOC-C12H35 + 3NaOH …
|
CH2-OOC-C12H35
Fett + Lauge

»Gut, gut, ich glaub's dir, du kannst aufhören!« sagte Székács und wandte sich an die Kollegen: »Weder Zauber noch Betrug. Dieser Junge weiß was und basta.«

»Du kannst dich setzen«, sagte die Lehrerin Tóth und warf Gábor Kolozs einen dankbaren, geradezu hinschmelzenden Blick zu. Und Direktor Ludasi schaute mit verhaltenem Stolz die Hauptstadtdelegation an. Seht ihr, sagte sein Blick den hohen Gästen, dieser Junge hat sich bewährt – quod erat demonstrandum.

»Ein Wunder der sozialistischen Pädagogik« – so sprach man nun allerorten in Fachkreisen vom Fall des Schülers Kolozs, der es geschafft hatte, binnen eines Monats seinen Notendurchschnitt um fast zwei Stufen zu verbessern. Dabei stand außer Zweifel – das gaben die Fachlehrer Tóth und Illés in der Nachbesprechung des Schulbesuchs der Inspektorengruppe zum wiederholten Male deutlich zu bedenken –, daß sich in der Entwicklung des Schülers nach wie vor Unebenheiten zeigten. Seltsamerweise gab er die theoretischen Passagen einwandfrei wieder, während seine Beispiellösungen noch vieles übrig ließen, und bei einigen Antworten schien er sogar in seinen früheren depravierten Zustand zurückzufallen. Der andere Widerspruch bestand darin, daß seine schriftlichen Arbeiten immer noch schwach waren, während die verbalen Fertigkeiten sich erstaunlich entwickelten. Der Fortschritt war jedoch insgesamt unanfechtbar und überzeugend.

11

»Nur damit wir uns richtig verstehen, Gábor«, sagte Dr. Paulik nach einigem Nachdenken. »Ich sage meine eigene Meinung, die nicht identisch ist mit der jetzigen offiziellen Auffassung. Ich bin Christ und Ungar. Sechsundfünfzig während der bedauerlichen Oktobereignisse war ich Mitglied des Arbeiterrates der Schule. Deshalb darf ich in diesem Gymnasium kein Ungarisch und keine Geschichte unterrichten, obwohl dies meine ureigensten Fachgebiete sind. Die Kommunisten hatten übrigens seinerzeit in aller Öffentlichkeit versprochen, keinerlei Vergeltung zu üben. Ich bin also in keinem Punkt in der gleichen Situation wie der Herr Direktor Ludasi oder sonstwie mit diesem vergleichbar. Komm mir also bitte nicht damit, was Ludasi über dieses und jenes sagt, sondern sag du mir, was Gábor Kolozs denkt, wirklich denkt, und mehr noch, was er fühlt.«

Dieses Gespräch am Nachmittag in der leeren Schulbibliothek dauerte bereits fast drei Stunden. Gábor Kolozs wollte von Paulik unbedingt wissen, wie man sich direkt von Gottes Existenz überzeugen und mit ihm persönlich Kontakt aufnehmen könnte. Pauliks Zitate aus den Werken des Thomas von Aquin fand er völlig abstrakt, so daß er nicht verstand, warum man solche Gedankengänge in den öffentlichen Bibliotheken als verbotene Literatur aufbewahrte. Wenn Gott dem Mose in einem flammenden Dornbusch erschienen war, Jakob mit dem Engel gerungen hatte und Jesus Christus nicht nur Gottes Sohn, wie die Christen behaupteten, sondern auf irgendeine Art auch Mensch gewesen ist – warum erlebten die Menschen von heute nicht ähnliche Wunder? Warum konnte man mit Gott kein Gespräch führen, nicht bei ihm Rat suchen in schwierigen Entscheidungen des Lebens, Erklärungen finden für die Tragödien der Geschichte und des individuellen Schicksals?

»Lieber Gábor, Gott ist keine Tratschtante, und er ist nicht dazu da, daß die Menschen sich mit ihren banalen Angelegenheiten an ihn wenden können wie an einen Bezirkssekretär, der sich die Beschwerden der Bürger anhört. Vor allem aber müssen wir zur Kenntnis nehmen, daß nicht Gott uns braucht, sondern wir ihn. Nicht für ihn, sondern für dich ist es wichtig, an ihn zu glauben und nach seinen Gesetzen zu leben. Nur die göttliche Liebe und der Glaube können eine Gesellschaft schaffen, in der der Mensch dem Menschen nicht Wolf, sondern Bruder ist.«

»Aber die Kommunisten wollen doch angeblich auch so eine Gesellschaft!« unterbrach ihn Gábor Kolozs.

»Sie reden nicht nur davon«, sagte der Lehrer, »einige meinen es sogar ernst. Aber der Weg, den sie gewählt haben, ist nicht gangbar. Denn die Erfahrung zeigt: Überall dort, wo man Gott ausgrenzen oder die Religion zur Privatsache erklären will, dort haben die Sünde, die Lüge und der Krieg freie Bahn, und der Wert des Menschen wird grundlegend in Zweifel gezogen. Wir alle haben die Konsequenzen aus dieser Fehlentscheidung zu tragen, und dann werden wir auf jeden Fall mit Gott konfrontiert, und er gibt uns zu verstehen, daß er existiert und auf uns wartet. Aber worauf willst du eigentlich hinaus? Du glaubst doch an Gott, oder? Jedenfalls hast du das mir gegenüber mal behauptet.«

»Ja, ich glaube an ihn«, bestätigte Gábor Kolozs und spürte bereits, daß auch dieses Gespräch für ihn keine Lösung bieten würde, »aber ich brauche Gewißheit.«

»Gewißheit?« fragte Paulik erstaunt zurück. »Wovon oder von wem erwartest du sie, wenn sie bei dir selbst fehlt? Und überhaupt – was erwartest du von Gott? Brauchst du ihn?«

»Ich brauche ihn unbedingt«, beteuerte Gábor Kolozs. »Sehr sogar!«

»Wenn du ihn brauchst, dann gibt es ihn auch.« Der Gesanglehrer wollte offensichtlich das Gespräch beenden, aber Gábor Kolozs stellte ihm nun die Frage, um die es ihm vor allem ging:

»Sagen Sie mir bitte, Herr Lehrer, darf man als religiöser Mensch dem KISZ beitreten?«

»Ich verstehe deine Frage nicht, Gábor. Was hat ein gläubiger Mensch in einer atheistischen Organisation zu suchen?«

»Na, zum Beispiel, er wird zum Beitritt aufgefordert.«

»Na, zum Beispiel ...«, wiederholte Paulik spöttelnd. »Sagen wir, zum Beispiel vom Herrn Direktor Ludasi.«

»Ja«, sagte Gábor Kolozs leise.

»Na siehst du, mein Junge«, sagte der Lehrer. »Das ist der Unterschied zwischen dem Herrn Direktor Ludasi und dem lieben Gott. Gott wird dich niemals zu etwas auffordern. Er will nicht einmal, daß du ein besserer Schüler wirst und verteilt auch keine Pobjeda-Uhren. Ich weiß nur eins: Ein Leben ohne Gott wäre für dich einfach kein Leben. Wenn du Lust hast, können wir uns in der nächsten Woche über dieses Thema weiter unterhalten.«

12

Direktor Ludasi pflegte mit besonderem Eifer die Weltanschauung seines neuen Musterschülers. Von Woche zu Woche tauschte er mit diesem Gedanken und Meinungen aus. Sie sprachen über den Materialismus, über die internen Diskussionen der Arbeiterbewegung, über den Kardinal Mindszenty, über die Abartigkeiten der frühen fünfziger Jahre, bekannt unter der Bezeichnung ›Personenkult‹, über Imre Nagy, über den Rajk-Prozess, über die Landwirtschaftlichen Produktionsgenossenschaften, über die Oktoberereignisse 1956 und zahlreiche kleinere Themen. Der Direktor war im Kern mit diesen Gesprächen zufrieden, stellte allerdings mit wachsendem Erstaunen fest, daß sich Gábor Kolozs offensichtlich auf sie vorbereitete. Der Junge verfügte über eine Fülle von guten Argumenten gegen sozialistische Lehrsätze, er stellte verzwickte Fragen und brachte jedesmal irgendein neues Thema vor. Zuerst dachte Ludasi, sein jugendlicher Gesprächspartner habe sein scharfes natürliches Denkvermögen mit Büchern und Broschüren bereichert oder bringe ab und zu auch Argumente von zu Hause mit. Mit der Zeit mußte er jedoch aufgrund sich wiederholender Redewendungen und Begründungen den Schluß ziehen, daß sich noch jemand um die Seele des Jungen kümmerte – allerdings aus entgegengesetzter Richtung. Er hätte viel dafür gegeben, zu wissen, woher dieser beständige Gegenwind wehte. Einen Verdacht hatte er natürlich.

Auf alle Fälle machte er einen Test. Im nächsten Gespräch mit Gábor Kolozs führte er aus, welch großes Problem für die kommunistische Partei die Tatsache sei, daß sie mehrheitlich mit Menschen zu tun habe, die noch im alten System aufgewachsen und erzogen seien. Es gebe sogar Genossen, die nicht bereit seien, mit bürgerlichen Fachleuten zu kooperieren. Dabei habe doch der Genosse Lenin unmißverständlich gesagt, man müsse den Sozialismus mit dem Menschenmaterial aufbauen, das zur Verfügung stehe. Und einige Tage später kam Gábor Kolozs prompt mit dem Gegenargument, dieses Leninsche Prinzip, so wichtig es auch sei, werde doch bei uns überhaupt nicht oder nur höchst lückenhaft angewendet. Es komme beispielsweise vor, und dies sei höchst bedauerlich, daß ein christlicher Pädagoge mit guten Fähigkeiten wegen seines Glaubens keine sogenannten ideologischen Gegenstände vortragen dürfe.

István Ludasi wußte sofort, von welchem Pädagogen hier die Rede war.

VIERTER TEIL

1

Zu Beginn übte das Simultanspiel mit Dr. Paulik durchaus einen gewissen Reiz auf István Ludasi aus. Er selbst traf sich zweimal wöchentlich mit Gábor Kolozs, und er konnte beobachten, daß der Junge nach jedem Gespräch seinen ideologischen Kontrahenten aufsuchte, um das Besprochene einer kritischen Revision zu unterziehen. Und als Gábor Kolozs eines Tages äußerte, zweifellos durch Paulik inspiriert, die Kommunisten neigten allzuoft dazu, strittige Fragen mit gewaltsamen Mitteln zu lösen und hätten darüber hinaus die Anwendung von Gewalt durch die Theorie des Klassenkampfs sogar auf ein moralisches Podest erhoben, reagierte der Direktor nach einigem Nachdenken mit einer zielgerichteten Antwort:

»In gewisser Weise hast du recht, mein Junge. Die Kommunisten mußten vielerorts die Macht der Arbeiterklasse durch Gewalt erzwingen. Was die Erhaltung dieser Macht betrifft, so waren sie in ihren Mitteln tatsächlich nicht besonders zimperlich. Ich gebe zu, daß die Partei den Terror des öfteren übertrieben hat, und infolge der bereits korrigierten Irrtümer unserer Partei übte sie ihn hin und wieder auch gegen einfache irregeleitete Menschen oder sogar gegen unschuldige brave Genossen aus. Es gefällt mir, Gábor, daß du offen und ohne Umschweife sagst, was du auf dem Herzen hast. Wenn ich aber eine bescheidene kritische Anmerkung machen darf – du denkst deine Argumente nicht immer bis zu Ende. Ich gebe offen zu, daß die bösen Kommunisten manchmal gewalttätig aufgetreten sind. Man kann jedoch nicht behaupten, daß sie die Gewalt als solche erfunden hätten. Du interessierst dich für Geschichte, mein Junge. Deshalb weißt du wahrscheinlich, daß der Kommunismus als Theorie und Bewegung im Februar 1848 mit dem Kommunistischen Manifest entstanden ist. Wann aber war es, als Jan Hus unter dem Vorwand eines toleranten Glaubensdisputs zum Konzil nach Konstanz gelockt wurde, wo man ihn dann auf dem Scheiterhaufen verbrannte? Das geschah mehr als vierhundert Jahre vor der Erfindung des Kommunismus, nämlich im Jahre 1419. Und Jan Hus wurde verbrannt, obwohl die Kardinäle und Bischöfe alles andere waren als Kommunisten und obwohl Jan Hus die katholische Kirche nicht auflösen, sondern nur verbessern wollte. Und wann loderten die Scheiterhaufen der Inquisition? Wann wurden die Juden aus Spanien vertrieben? Wann tobten die jahrzehntelang andauernden Glaubenskriege? Das war alles im 15. Jahrhundert, im 16. Jahrhundert, im 17. Jahrhundert, lieber Gábor. Und damals war von der Kommunistischen Partei der Sowjetunion weit und breit nichts zu sehen, nicht einmal von unserer kleinen Ungarischen Sozialistischen Arbeiterpartei. Ja, damals tobte schon der Klassenkampf, nur den Begriff kannte man noch nicht. Und der Terror, den die katholische Kirche ausgeübt hat, ist beispiellos. Sogar die Türken waren toleranter gegenüber der Reformation als der Papst in Rom.

Du fragst nach Kardinal Mindszenty – ob er wirklich ein Spion ist. Selbstverständlich ist er keiner. Die Art und Weise, wie man ihm damals diesen Prozeß gemacht hat, war eine einzige große Dummheit. Hätten wir damals schon das Fernsehen gehabt, dann hätte man dort einfach eine öffentliche Diskussion mit ihm führen können. Man hätte ihn fragen sollen, wieso er den Titel des Ersten Fahnenherrs oder des Fürstprimas so sehr begehrte. Er hätte sagen können, warum er gegen die Republik als Staatsform ist, warum er sich gegen die Trennung von Staat und Kirche und von Kirche und Schule sträubt, die in glücklicheren Ländern bereits von der bürgerlichen Revolution errungen worden ist und beim bestem Willen nicht als eine kommunistische Schnapsidee abgetan werden kann. Es würde mich interessieren, was er auf solche Fragen antwortet. Ach ja, und die Bodenreform. Welches Eigentum wollte der Kardinal schützen? Nicht etwa doch die Latifundien der katholischen Kirche? Ich sage dir, ein guter Fernsehjournalist hätte ihn eher entlarven können als dieser Prozeß vor dem Volksgerichtshof. Rákosi und Co haben ihn zum Märtyrer gemacht, und das war Blödsinn. Lenin ist in solchen Fällen ganz anders vorgegangen, und wir handhaben das jetzt auch anders. Von uns aus kann er ruhig in der US-Botschaft hocken, kein Hahn kräht nach ihm. Gewalt, sagst du? Nicht einmal auf seine Auslieferung legen wir Wert.«

Ludasi war mit sich sehr zufrieden. Am Gesichtsausdruck von Gábor Kolozs konnte er die Wirkung seiner Worte ablesen. Historische Tatsachen, die diesem vor dem Gespräch unbekannt gewesen waren, nahmen als Evidenzen im Bewußtsein des Jungen Platz. Dabei schöpfte Ludasi, als er seine Rede nun fortsetzte, die stichhaltigsten Argumente nicht einmal aus der Historie.

»Bedenke, mein Junge«, sagte er, »daß die historischen Konfessionen, inklusive des Glaubens deiner Ahnen – selbstverständlich respektiere ich den Judaismus –, also die historischen Konfessionen haben alle eine gewisse Ähnlichkeit. Sie wollen alle auf irgendeine Weise das Glück überbieten, das der Mensch aus eigener Kraft erlangen kann. Es ist beinahe wie eine Art Wettbewerb. Ich schwöre dir bei Gott«, er machte eine bedeutsame Pause und setzte dann mit einem komplizenhaften Augenzwinkern fort, »ich hoffe, du hältst mich wegen dieses Ausdrucks nun nicht für einen klerikalen Reaktionär. Also, ich schwöre dir bei meiner kommunistischen Ehre, daß ich im Grunde nichts gegen ein Leben im Jenseits hätte. Fast alle Menschen haben diesen Traum, und die Rechtgläubigen unter ihnen verleitet er dazu, der jeweiligen Kirche zu gehorchen, die ihnen ja alles mögliche verspricht – mal das Paradies, mal den Riesenfisch Leviathan oder gar großäugige schöne Huris. Warum aber muß das irdische Leben unbedingt ein Jammertal sein? Wäre es nicht besser, den Menschen bereits hier, auf diesem Drecksplaneten, durch erträgliche Verhältnisse auf das Glück nach dem Tode vorzubereiten? Allerdings muß ich hier anmerken, nur damit du keine Illusionen in bezug auf meine bescheidene Person hegst, daß ich an die Weiterexistenz nach dem Tod nicht glaube. Mit Verlaub, ich bin einfach skeptisch. Tote habe ich mehr als genug gesehen, im Krieg und auch in den Tagen der Konterrevolution, aber einen Menschen, der aus Staub und Asche auferstanden wäre, habe ich noch nie zu Gesicht bekommen. Vielleicht wirst du mich für einen schlechten Genossen halten, aber selbst was den Sozialismus betrifft, glaube ich nur das, was ich mit meinen eigenen Augen sehe. Leben die Leute heute besser als gestern? Haben sie mehr Mitspracherechte in ihren eigenen Angelegenheiten als vorher?« Ludasi räusperte sich, lockerte die Krawatte und öffnete den Knopf an seinem Hemdkragen. Dann holte er tief Luft, um das Werk zu vollenden.

»Die andere Sache, die dich, meiner bescheidener Meinung nach, dem Sozialismus näherbringen sollte – und ich sage das in aller Vorsicht, damit ich nicht den Eindruck erwecke, daß ich den Respekt dir gegenüber an Bedingungen knüpfen will –, ist dein persönliches Schicksal. Du bist in eine jüdische Familie hineingeboren worden, die reichlich mit den Segnungen des früheren Regimes bedacht worden ist. Rein subjektiv würde ich dich völlig verstehen, wenn du nach Auschwitz, Majdanek und Dachau noch stärker am Glauben deiner Vorfahren, am Gedächtnis der sechs Millionen Toten festhalten würdest. Gleichzeitig möchte ich dir offen sagen, daß dies deine Probleme kaum lösen würde – und dabei denke ich nicht an Lappalien wie schulische Leistungen, die du ohnehin in den Griff kriegen wirst. Lernen ist nicht Selbstzweck, sondern Mittel zum Zweck. Der Mensch möchte glücklich werden, sündigerweise bereits in seinem irdischen Leben, und das ist meiner Meinung nach nur mit und in der Gesellschaft, im Kollektiv möglich. Unser Attila József, den wir leider erst nach seinem Tod richtig zu würdigen wissen, sagte: »Das Los des einzelnen ist kein Schicksal.« Auch dein Los ist kein Schicksal, wenn du dein Streben mit den Zielsetzungen des Gemeinwesens verbindest, in dem du lebst. Selbstverständlich kannst du deinen Weg auch in Verbindung mit deiner Familie oder Konfession suchen, aber so weit ich das überblicke, könntest du dich dann tatsächlich nur an überirdische Hoffnungen klammern. Wenn du in diesem Milieu bleibst, wählst du das Los der Vergangenheit. Wenn du aber beschließt, uns zu folgen, dann ist dies eine Verheißung für Gegenwart und Zukunft.«

István Ludasi machte eine längere Pause, um seine Worte wirken zu lassen. Er sah Gábor Kolozs dabei nicht an, sondern blickte aus dem Fenster. Dann wandte er sich dem sichtlich aufgeregten Schüler zu, fixierte ihn und fuhr fort: »Allerdings kann ich dir keine goldenen Berge versprechen. Wenn du fleißig lernst, und vieles weist darauf hin, daß du es auch künftig tun wirst, dann kannst du in diesem Land alles werden: Arzt, Ingenieur, Künstler, ein angesehener Facharbeiter, ein Staatsbürger mit harmonischem Familienleben. Du hast die Wahl. Und deine Entscheidung hat bestimmte Folgen. Wenn du den Sozialismus wählst, kommst du wahrscheinlich für eine Weile in schmerzhaften Konflikt mit deinen Eltern. Diese können als Opfer des Faschismus auf unser ehrliches Mitgefühl rechnen, und überhaupt kann ich ihre Lebenseinstellung irgendwie verstehen. Gábor Kolozs ist jedoch für uns wichtiger als seine Eltern, von denen wir leider nicht mehr viel erwarten können. Aber auf Gábor Kolozs setzen wir – Gábor Kolozs brauchen wir!«

2

Direktor István Ludasi kam gründlich ins Schwitzen. Im großen Konferenzsaal des Ministeriums für Volksbildung saß die crème de la crème des sozialistischen Erziehungswesens, etwa hundertfünfzig Menschen – Schuldirektoren, Inspektoren und leitende Funktionäre aus dem Ministerium und der Parteizentrale. An der Wand prangte neben dem Leninporträt, auf eine Papierbahn geschrieben und nur provisorisch befestigt, die Losung der Tagung: »Der Pädagoge als Schmied des neuen Menschen.« Für Ludasi ging es auf der heutigen Sitzung um nichts mehr und nichts weniger als um die Frage, ob er auch künftig zu dieser Elite gehören würde.

Ibolyka hatte doch recht gehabt: Es war keineswegs nur der Alkohol, der Ludasis alten Kampfgefährten Bódi, Leiter der Hauptabteilung für Marxismus-Leninismus im Ministerium, an jenem Abend zu anzüglichen Reden veranlaßt hatte. Jetzt hielt er gerade das Hauptreferat – und machte ausgerechnet das Gymnasium ›Benedek Virág‹ zum zentralen Thema:

»Der Genosse Ludasi hat sich im Laufe der Jahre immer wieder um irregeleitete Schüler Verdienste erworben. Nun kann ich ja noch nachvollziehen, wenn ein vierzehnjähriger Schüler urplötzlich eine große geistige Entwicklung durchmacht.« Bódi hielt in seinen zittrigen Trinkerhänden ein Dossier und sah ab und zu verstohlen hinein wie ein Schüler auf seinen Spickzettel. »Wir haben es schließlich mit einem Pubertierenden zu tun, und es ist durchaus vorstellbar, daß sich die geistigen Kräfte parallel zu den hormonellen Veränderungen entfalten. Der Zögling Kolozs jedoch, von dem in letzter Zeit in unseren Kreisen immer wieder die Rede ist, war in der Vergangenheit keineswegs einfach nur ein schlechter Schüler, sondern es gab mit ihm gravierende disziplinarische und sogar moralische Probleme. Er hat am Ende sogar Unterschriften gefälscht. Die Frage ist: Wie kam es eigentlich zu solch einschneidenden Veränderungen im Lernverhalten und in der moralischen Grundhaltung des Schülers? Charakterliche Merkmale entwickeln sich nie automatisch, ohne Einwirkung von außen, ebensowenig wie die Fähigkeit zur Vernunft. Damit sich eine Persönlichkeit von derart instabiler Struktur und moralischer Devianz wirklich verändert, braucht es eine Stimulanz, und zwar eine gefühlsmäßige Stimulanz. Ich habe noch gar nicht erwähnt, daß der Schüler seitens der Familie jüdisch-klerikalen, vielleicht sogar zionistischen Einflüssen ausgesetzt ist. Womit hat der Genosse Ludasi den Schüler Kolozs stimuliert? Etwa dadurch, daß der Schüler neuerdings, zum Entsetzen vieler Kollegen, die auf eine Warteliste kommen, wenn sie mit dem Direktor sprechen wollen, daß also Gábor Kolozs quasi freien Zugang zum Direktorzimmer hat? Und was, bitte, ist an dieser Methode das spezifisch Sozialistische?« Bódi schaute in die

Runde, aber doch nur so kurz, daß die Anwesenden die Applausfrage nicht entscheiden mußten.

»Selbstverständlich«, fuhr der Hauptredner fort und streifte mit seinem Blick die Seiten des allwissenden Dossiers, »möchte ich die Problematik des Knabengymnasiums ›Benedek Virág‹ keineswegs auf den Fall Kolozs beschränken. Des weiteren möchte ich nicht bezweifeln, daß der Genosse Direktor gewisse Erfolge erzielt hat. Im Vergleich dazu, daß das Gymnasium unlängst noch als Ballungszentrum der Konterrevolution galt, ist die Lage unbedingt besser geworden. Deshalb beschränke ich mich auf einige kritische Randbemerkungen.

So könnte der Genosse Direktor der Wandzeitung etwas mehr Aufmerksamkeit widmen. Ein Schüler hatte die Stirn, darauf öffentlich den Film ›Menschenschicksal‹, ein Meisterwerk der Genossen Michail Scholochow und Sergej Bondartschuk, als ›schwach‹ zu bezeichnen. Schwach. Immer noch zu viele Schüler«, er blickte wieder in sein Dossier und nahm bei der Aufzählung der von ihm inkriminierten Fakten die Finger der linken Hand zur Hilfe, »allein acht Personen aus der Klasse IV a besuchen den Glaubensunterricht. Zwei Schüler der Klasse III c haben mit einem in den Westen emigrierten ehemaligen Mitschüler brieflich korrespondiert. Der Gesanglehrer Rezsö Paulik, ein bekannter Konterrevolutionär, verlieh in Anwesenheit mehrerer Kollegen seiner reaktionären Meinung Ausdruck, indem er behauptete, die imperialistischen USA stünden technisch auf einem höheren Niveau als die sozialistische Sowjetunion.

Ansonsten können wir mit der Tätigkeit des Genossen Direktor zufrieden sein. Seine Rede im Kino ›Urania‹ am 7. November kam gut zur Wirkung, höchstens mit Ausdrücken wie ›rebelliert, lehnt euch auf‹ muß man zurückhaltend sein, denn jugendliche Hitzköpfe können solche Aufforderungen leicht mißverstehen. Auch die zu diesem Anlaß eingeführte Ordnergarde mit den Armbinden hat sich bewährt. Allerdings muß man sie möglichst schnell der kommunistischen Jugendorganisation unterstellen, bevor sie sich als zweite Jugendbewegung zu verstehen beginnt. Auch das Unterrichtsfach ›Grundlagen unserer Weltanschauung‹, das der Genosse Ludasi seit Schuljahresbeginn versuchshalber ohne Notengebung in einer Schulklasse unterrichtet, ist eine herausragende Neuerung. Aber warum dieses Provisorium? Wir müssen daran arbeiten, Genossen und Genossinnen, daß dieses Fach in allen Mittelschulen eingeführt werden kann, und zwar mit einem einheitlichen Bewertungssystem, damit die Kenntnisse der fortschrittlichen Weltanschauung auch formal bei den Schülern abgefordert werden können. Wichtig ist, daß man nicht, wie im Fall Kolozs offensichtlich geschehen, einen einzelnen Schüler in Hoffnung auf einen zweifelhaften Erfolg zum Star machen sollte, sondern daß die ideologische Entwicklung der ganzen Schulgemeinschaft gefördert werden muß.«

Bódi war zu Ende, und der Applaus konnte nun einsetzen. Im Grunde hatte er nichts gesagt, was für Ludasi nicht nachvollziehbar gewesen wäre. All das hätte er sich jederzeit im Rahmen eines Kollektivgesprächs angehört, und er wäre bereit gewesen, alle Vorschläge zur Kenntnis zu nehmen oder gar zu beherzigen. Doch die Art und Weise, wie der Leiter der Hauptabteilung Marxismus-Leninismus jetzt zu seiner Arbeit Stellung genommen hatte, wirkte bedrückend auf ihn. Er hatte das Gefühl, ein Fremder sei in seine Wohnung eingedrungen und wische mit seinem Zeigefinger über die Möbel, um zu prüfen, ob Ibolyka sie auch ordentlich abgestaubt habe. Ludasi war verblüfft über die Informiertheit Bódis, und noch mehr erstaunt war er darüber, daß der Hauptabteilungsleiter seine mit schrägem Blick aus dem Dossier hervorgezauberten Kenntnisse logischerweise nur von angeworbenen Informanten, also von Kollegen oder gar von Schülern erhalten haben konnte.

Diese Erkenntnis verletzte seinen Stolz, vor allem aber sein Selbstwertgefühl. Womit hatte ausgerechnet er, István Ludasi, ehemaliger Angehöriger der Sondereinheiten und Inhaber des Ordens ›Für die Arbeiter- und Bauernmacht‹, dessen Leben für die Partei jederzeit ein offenes Buch gewesen war, dieses Mißtrauen verdient? War denn nicht nach der Unterdrückung der Konterrevolution ein erhöhtes Vertrauen nicht nur gegenüber den Genossen, sondern überhaupt gegenüber allen Mitgliedern der Gesellschaft ein wichtiges Element sozialistischer Politik?

Warum zum Beispiel sollte irgend jemand Angst vor Paulik haben? Wenn dieser die von Bódi zitierte Dummheit tatsächlich gesagt hatte und ihm die Worte nicht von einem Denunzianten in den Mund gelegt worden waren, dann mußte man eben mit Argumenten begründen, daß die Yankees keineswegs technisch versierter waren als die Sowjets. Denunziation war hier völlig überflüssig, denn schließlich gab es gute Argumente: den Sputnik, den Nobelpreis für die Entdeckung des Tscherenkow-Effekts, die Interkontinentalrakete und der atombetriebene Eisbrecher ›Lenin‹. Und Paulik müßte man im Grunde auch gestatten, Geschichte zu unterrichten, wenigstens in den unteren Klassen, denn er war ein überdurchschnittlich gebildeter Mann, und über die Schlacht bei Mohács konnte er nichts besonders Gefährliches verbreiten.

Dann diese einfältige Kritik an der Schulwandzeitung! Ludasi selbst hatte angeordnet, den etwas bereinigten Text zu veröffentlichen. Schließlich war das ›Menschenschicksal‹, ob als Erzählung oder als Film, ein Meisterwerk. Was konnte ihm denn die Kritik eines unreifen Schülers aus der dritten Gymnasialklasse anhaben? Eher war doch die kritiklose euphorische Schwärmerei, die auch früher schon der sowjetischen Kultur in Ungarn so viel Schaden zugefügt hatte, eine Gefahr.

István Ludasi war völlig sicher, daß Bódi nicht nur für sich selbst sprach. Infolge des Falls Kolozs war das Gymnasium ›Benedek Virág‹ sehr ins Rampenlicht der Aufmerksamkeit geraten. Ähnlich wie man die Schule früher mit einer matten Handbewegung als reaktionäre, konterrevolutionäre und klerikale Institution abgetan hatte, wurde sie nun mehr und mehr als Musterbetrieb der Pädagogik akzeptiert, die berufen war, den neuen sozialistischen Menschen zu erziehen. Wenn dieser Status auf höchster Ebene anerkannt und abgesegnet würde, dann hätte man im Gymnasium ›Benedek Virág‹ modellhaft mit der vielfach eingeleiteten, aber jedesmal zurückgenommenen Schulreform samt der sozialistischen Schülerselbstverwaltung beginnen können. Dann wäre plötzlich auch Geld dagewesen für die Reparatur des Gebäudes, für ein Sprachlabor, für die Belohnung der Lehrkräfte durch Prämien. Und dann konnte endlich Ludasis Traum in Erfüllung gehen, daß die Schule ›Benedek Virág‹ das erste koedukative humanistische Gymnasium des Bezirks wäre. Es ging also um einiges an diesem Tag. Dies war der Hintergrund sowohl für den eben vernommenen Angriff auf seine Arbeit als auch für die primitiven Klatschgeschichten, die Ludasi sorgfältig und detailliert hinterbracht wurden: Er wolle aus diesem Kolozs-Jungen einen Star machen und ihn zum Musterschüler aufbauen im Interesse seiner eigenen Karriere.

Auf den von Bódi gegen ihn inszenierten Angriff mußte Ludasi, so erforderten es die Spielregeln, mit einem Gegenangriff kontern. Als nach dem Hauptreferat zur freien Aussprache aufgefordert wurde, erhob er sich und ging nach vorn ans Rednerpult. »Die Genossen fragen mich«, sagte er, »was das eigentlich sozialistische Element der Methode ist, die wir im Fall von Gábor Kolozs angewandt haben. Die Antwort ist einfach. Wie Marx sagen würde: Wir haben radikal gehandelt. Was aber heißt es, radikal zu sein? Wir appellierten ad hominem, an den Menschen, wie Karl Marx es gefordert hat. Gábor Kolozs ist ein Schüler, der aus einer sogenannten Problemfamilie stammt. Er lebt in einem Zimmer mit seiner Mutter, einer einfachen Werktätigen, und mit seinem Vater, der infolge der faschistischen Verfolgungen zum Krüppel geworden ist. Zu dritt bewohnen sie zweiundvierzig Quadratmeter.« Auf einiges Rascheln und Räuspern hin, das Erstaunen ausdrückte, fuhr er fort: »Jawohl, Genossen, wir haben alle Hände voll zu tun. Es gibt noch soziale Schichten, die man weiter befördern muß. Wir aber haben diesem Jungen keine goldenen Berge versprochen, keine konsolidierten bürgerlichen Lebensbedingungen, sondern nur das eine: Wenn er besser lernt, darf er dem Kommunistischen Jugendverband beitreten. Das ist die typisch sozialistische Stimulierung der Persönlichkeit, die manche Redner hier so skeptisch erwähnen. Ich verstehe nicht, und, um ehrlich zu sein, es macht mich traurig, dieses mangelnde Vertrauen in die Methoden unserer sozialistischen Erziehung ausgerechnet seitens eines Hauptabteilungsleiters für Marxismus-Leninismus feststellen zu müssen – und das im Dezember 1959! Von meiner Seite aus garantiere ich, daß Gábor Kolozs binnen zwei Monaten dem KISZ beitreten wird. Wenn dies nicht geschieht, bitte ich darum, mich abzulösen.«

3

Gábor Kolozs stellte die Geduld Dr. Pauliks ordentlich auf die Probe, aber auch, was sehr merkwürdig war, dessen logische Fähigkeiten und historische Bildung. Nicht daß der Junge in diesen Dingen besonders versiert gewesen wäre, aber jedesmal kam er mit etwas Neuem, und dieses sichtlich in kürzester Zeit angeeignete Wissen vermittelte den Eindruck, als hätte er sich auf die Begegnungen speziell vorbereitet. Außerdem flatterte er zwischen den Themen scheinbar kapriziös hin und her. Wenn ihm an irgendeiner Stelle die geistige Munition ausging, kam er blitzschnell auf ein anderes Thema zu sprechen. Soeben hatte ihm Paulik nachgewiesen, daß er keine Ahnung von den neuen sozialen Lehren des Christentums hatte, etwa von der Enzyklika ›De rerum novarum‹, als er begann, die Geschichte der Verbrennung von Jan Hus ins Spiel zu bringen. Und als Paulik endlich methodisch aufgezeigt hatte, daß – ganz im Gegensatz zur Marxschen Theorie der absoluten Verelendung des Proletariats im Kapitalismus – die Arbeitslosen in Westdeutschland über ein weit höheres materielles Lebensniveau verfügten als die Arbeiter in Ungarn, weilte Gábor Kolozs bereits beim Problem des westdeutschen Revanchismus.

Manchmal stellte er primitive und gleichzeitig heimtückische Fragen. »Wenn es wirklich einen Gott im Himmel gibt«, kam er wie mit einem Trumpf heraus, »wieso haben ihn dort dann weder die sowjetischen noch die amerikanischen Sputniks angetroffen?« Oder: »Wenn die Pfarrer das Sakrament der Ehe predigen, warum wollen sie an diesem Sakrament nicht teilhaben und setzen sich statt dessen dem Zwang des Zölibats aus?« Er bediente sich also einer waschechten kommunistischen Rabulistik, und für Dr. Paulik war von Anfang an klar, daß es Ludasi gewesen sein mußte, der dem Schüler diese stumpfen, aber brutalen Waffen der Gottesleugnung in die Hand gegeben hatte. Und obwohl es ihm am Ende immer gelang, diese unausgegorenen, falschen Argumente zu widerlegen, mußte er sich eingestehen, daß er in manchen Dingen seinem unsichtbaren Gegner unterlegen war.

Schade, dachte er mit bitterer Selbstironie, ich bin völlig aus dem Training. Tatsächlich sprach er seit Jahren über theologische Fragen nur mit seinem Beichtvater und über Politik auch mit diesem nur selten. Er hatte das Gefühl, das lange Schweigen, das Verstummt-Sein habe sowohl ihm als auch seiner Kirche großen Schaden zugefügt. Die Welt hatte sich mittlerweile stark verändert, und die Argumente, die der neuen Lage entsprochen hätten, fehlten entweder ganz, oder man durfte sie nicht offen aussprechen. Die Kirchen waren nach wie vor voll mit Gläubigen, zum großen Ärger der Kommunisten. Wenigstens müssen wir nicht in Katakomben leben, dachte Paulik, aber noch nie war unser Wort so kraftlos und holprig.

Und bei alledem, was wir hier verhandeln, geht es um etwas mehr als um rhetorische und argumentative Vor- und Nachteile der einen oder anderen Weltanschauung. Nehmen wir doch mal das Beispiel Mindszenty. Nichts leichter als das, dem Jungen die sicherlich von Ludasi eingeflüsterte plumpe Lüge zu widerlegen, der Kardinal habe mit den Faschisten paktiert. Gábor Kolozs hatte ein sehr erstauntes Gesicht aufgesetzt, als Dr. Paulik ihm erzählte, die Pfeilkreuzler hätten Mindszenty seinerzeit interniert, weil dieser gegen die deutsche Besatzung gewesen sei und die Juden in Schutz genommen habe. Nein, der Kardinal hatte immer eine ehrliche Sache vertreten, und er war ein Märtyrer der Kirche, ein Märtyrer der Nation. Was jedoch die Zweckmäßigkeit seiner einzelnen öffentlichen Auftritte anbetraf, so hegte Paulik starke Zweifel an deren Wirksamkeit. Wenn Mindszenty damals im November jene Rundfunkrede nicht gehalten hätte, in der er die Mitglieder der Imre-Nagy-Regierung, also sogar die gemäßigten Kommunisten, einfach als »Erben des alten Systems« beschimpft hatte, dann wäre es vielleicht gar nicht nötig gewesen, in die amerikanische Botschaft zu flüchten. Kardinal Mindszenty könnte heute noch an der Spitze seiner Getreuen stehen, versehen mit einer ähnlichen moralischen Autorität wie der polnische Kardinal Wyszinski, vor dem der Staatschef Gomulka und die anderen Kommunisten so viel Respekt haben, daß sie es kaum wagen würden, einen Streit mit ihm vom Zaun zu brechen.

Überhaupt: Wenn die Kirche erst einmal aus dieser größten Katastrophe ihrer Geschichte entkommen sein würde, konnte sie niemals mehr das sein, was sie früher gewesen war. Sie mußte sich künftig hüten, weltliche Macht anzustreben oder sich in die Angelegenheiten kriegführender Staaten einzumischen, und sie durfte Elend, Unwissenheit und Unterdrückung ganzer sozialen Schichten nie mehr wortlos dulden. Die ecclesia militans von einst war zu einer leidenden Kirche geworden, aber vielleicht konnte sie eben dadurch ihren eigenen leidtragenden Anhängern wieder näherkommen. Dann würde sie nicht irgendwelchen Doktrinen folgen, sondern den Menschen dienen, die den Gottesleugnern unter den veränderten Voraussetzungen nie wieder auf den Leim gehen würden.

Bei manchen Themen wirkte die kommunistische Argumentation geradezu lächerlich. So behauptete Gábor Kolozs – die Stimme gehörte ihm, aber die Worte kamen wiederum von Ludasi – wenn es im Jahre 1948 bereits das Fernsehen gegeben hätte, dann wäre jener niederträchtige Prozeß gegen Mindszenty überflüssig gewesen. »Gábor, mein Junge«, entgegnete Paulik, »wenn es damals nur die Glotze war, die ihnen gefehlt hat – was fehlt ihnen dann heute? Sie wären doch heute ohne weiteres frei, diese Lösung anzuwenden! Meines Wissens ging das Fernsehen bereits im Herbst 1957 regelmäßig auf Sendung, und zwar keineswegs nur versuchshalber. Was hat sie daran gehindert, Imre Nagy und seine Mitstreiter auf dem Bildschirm zu erledigen? Statt dessen haben sie eine Geheimverhandlung geführt, anschließend alle aufgehängt und dann wie Hunde an einem unbekannten Ort verscharrt!« Gábor Kolozs nickte verwirrt.

»Du hältst mir die Hinrichtung des Jan Hus vor. Gott bewahre mich davor, daß ich für alle Sünden, die die Kirche im Laufe ihrer langen Geschichte auf sich geladen hat, geradestehen müßte. Ja, der Magister wurde tatsächlich in trügerischer Weise zu einem Disput nach Konstanz gelockt und dann auf dem Scheiterhaufen verbrannt. Aber wenn du so empfindlich bist für die Gerechtigkeit – wieso ist dir noch nie aufgefallen, daß der Umgang der Kommunisten mit dem Oberst Maléter ganz ähnlich war? Die Russen hatten ihn zur Verhandlung eingeladen und dann direkt am Verhandlungstisch festgenommen. Dabei war er Minister einer unabhängigen und von der UNO anerkannten Regierung. Und wenn ich mich nicht irre – und meine Erinnerung trügt mich nie in solchen Angelegenheiten – dann endete auch diese Einladung nicht mit einer Fernsehsendung, sondern mit dem Galgen.«

Für Rezsö Paulik gab es bei diesen Gesprächen, die er durchaus genoß, ein überaus heikles Problem: Die Zugehörigkeit des Jungen zum mosaischen Glauben. Einerseits versuchte er, nicht im geringsten den Eindruck zu erwecken, daß er Gábor Kolozs zum Katholizismus bekehren wollte. Andererseits war er davon überzeugt, daß die Tragödie des auserwählten Volkes mit der Ablehnung Christi begonnen hatte. Wenn überhaupt jemand, dann wären es die Juden gewesen, die seinerzeit allen Grund gehabt hätten, sich mit dem Erlöser zu identifizieren. Dann wären heute alle Menschen Juden, denn das Judentum wäre mit dem Christentum identisch. Aber die Juden, sicherlich dem heidnischen Rom gehorchend, gingen den

Weg des geringeren Widerstands, wie es die Menschen meistens tun, wenn sie die Wahl haben. Das war damals in Jerusalem nicht anders als im heutigen Ungarn.

Denn was ging heute und hier eigentlich vor sich? Vor kurzem noch war eine Revolution im Blut erstickt worden, einen Ministerpräsidenten und Hunderte anderer Menschen hatte man hingerichtet, Zehntausende interniert und eingesperrt, eine Viertelmillion aus dem Land getrieben – und womit beschäftigten sich die Leute jetzt? Sie standen Schlange vor den Theaterkassen, um Karten für die Konzerte von Josephine Baker und Yves Montand zu bekommen – ein Trick der Kommunisten, um den Leuten das Hirn zu vernebeln. Die Ungarn bauten Wochenendhäuser, kauften Kühlschränke und begehrten Fernsehgeräte mit ihrem sittenlosen Unterhaltungsprogramm. Was war das denn anderes als der Tanz ums goldene Kalb? So gesehen, waren die armen Juden, als sie damals durch die Wüste zogen, doch nicht einmal ein Sonderfall des menschlichen Geschlechts. Sie wollten eben im Grunde ihres Herzens kein auserwähltes Volk Gottes sein.

Dr. Paulik lehnte grundsätzlich jeden Antisemitismus ab. Er hatte 1944 persönlich dazu beigetragen, einigen Juden das Leben zu retten, und er bedauerte zutiefst, daß christliche Menschen den Juden jahrhundertelang etwas zum Vorwurf gemacht hatten, was sie vor allem sich selbst hätten vorwerfen müssen. Daß der Ketzer Luther sich so verhalten hatte, war nicht erstaunlich, aber daß sogar herausragende Menschen wie der Bischof Prohászka an diesem Punkt in die Irre gingen, war für Paulik ein schmerzhafter Beweis dafür, daß auch die Besten ihre Schwächen haben. Wenn es für Gábor Kolozs einen Weg zu Jesus gab, dann konnte dieser nur über sein Judentum führen. Darin mußte er bestärkt werden. Und Paulik war nun an dem Punkt, wo er sich nicht mehr auf die Kraft der Argumente verließ, sondern auf die Ebene der Beschwörungen überging:

»Ich bin ein christlicher Mensch, aber ich sage dir, Gábor: Bleibe dem Glauben deiner Ahnen treu. Einerseits ist für jeden

Menschen der eigene Glaube eine Quelle von Kraft und Hoffnung, andererseits fließen am Ende all diese Konfessionen ineinander, so wie Quellen, Bäche, Flüsse und Ströme schließlich in dasselbe Meer münden, und dann wird die Welt katholisch im ursprünglichen Wortsinn – ›allgemein‹. Bleib also ruhig ein Jude, folge dem Weg deiner Väter. Und nimm dir niemals jene deiner ehemaligen Glaubensgenossen zum Vorbild, die zu Atheisten und Kommunisten geworden sind. Sie heißen Rákosi, Gerö, Farkas und Révai. Sie sind allesamt Mörder, egal ob sie Körper oder Seelen gemordet haben. Die Antisemiten berufen sich auf diese Menschen und ihre Missetaten, wenn sie gegen die Juden hetzen. Das ist albern. Es geht doch überhaupt nicht darum, daß sie Juden sind, sondern wir verurteilen sie deshalb, weil sie dem Judentum den Rücken gekehrt haben. Alles andere ist einfach nur Abstammung, eine leere und allmählich zerbröckelnde Hülle. Wenn du Atheist wirst, trittst du in ihre Fußstapfen. Ich will damit nicht sagen, daß jeder Kommunist immer den ganzen blutigen Weg gehen muß. Aber wer würde dich letztlich davor schützen?«

Seitdem Dr. Paulik wußte, daß er seinen Kampf eigentlich mit Ludasi austrug, war er darauf vorbereitet, daß der Direktor eines Tages zurückschlagen würde. Der Schaden, den er in diesem Fall zu erwarten hatte, bestand vermutlich in seiner Entlassung. Doch vor dieser Version der unehrlichen kommunistischen Rache hatte er überhaupt keine Angst, sondern hoffte sogar ein wenig darauf. Er wäre dann dieses demütigende Dasein als stundenweise beschäftigter Gesanglehrer los, und der Druck seines schlechten Gewissens würde außerdem nachlassen. Schließlich nahmen in diesem Land andere Christen, andere Ungarn viel größere Opfer für ihren Glauben auf sich als er. Wenn man mich hier nicht mehr will, dachte Paulik, dann gehe ich eben als Hilfsarbeiter in die Fabrik.

4

Was soll bloß aus mir werden? grübelte Gábor Kolozs Ende Januar 1960, als er sein eigenes Bild auf der Ehrentafel der Schule sah: »Gábor Kolozs, Schüler der Klasse II a, hat seinen Notendurchschnitt in diesem Halbjahr um 1,2 verbessert«, stand da, versehen mit dem traurigen Foto von der Firma Ofotért, das auch seinen ersten Personalausweis zierte. Inzwischen wurde er von den meisten Lehrern regelrecht hofiert. Selbst László Feith spöttelte nicht mehr, sondern erlaubte sich nur zu sagen, wenn er ihn an die Tafel holte: »Unser kleiner Alleswisser.« Der KISZ-Sekretär György Röder hatte ihm in einer großen Pause den Aufnahmeantrag für den KISZ überreicht. »Füll ihn so schnell wie möglich aus«, hatte er gesagt, als ginge es um eine reine Formalität, »denn im Grunde gehörst du ja bereits zu uns.«

Der Vater war inzwischen pensioniert. Den ganzen Tag hockte er zu Hause und starrte trübsinnig aus dem Fenster. Seine fortwährenden starken Depressionen erlaubten ihm nicht einmal den regelmäßigen Gang zur Armenküche der Gemeinde. Nur noch an Freitagabenden nahm er sich so weit zusammen, daß er es in Begleitung bis zur Synagoge am Bethlen-Platz schaffte. Gábor Kolozs ging Tag für Tag mit dem Henkelmann zur Armenküche und holte das Mittagessen, aber der Vater aß immer weniger davon.

Was soll bloß aus mir werden? fragte sich Gábor Kolozs. Wer wird mich am Ende auf seine Seite ziehen – Ludasi oder Paulik?

5

Der ansonsten überaus geduldige István Ludasi wurde durch eine nicht sehr bedeutende Angelegenheit unvermutet aus dem Gleichgewicht gebracht. Gegen Mitte Februar machte Gábor Kolozs die Wahlen des Jahres 1947 zum Thema ihres Gesprächs. »Wie läßt sich erklären«, fragte der Junge mit unschuldig-traurigem Blick, »daß die Kommunisten, als sie pro forma noch die Existenz mehrerer Parteien akzeptierten, bei dieser Wahl zu einem Taschenspielertrick Zuflucht nahmen? Warum haben sie ihre Anhänger mit den gefälschten blauen Wahlzetteln abstimmen lassen?«

Die Frage traf Ludasi mitten ins Herz. Er konnte sich nur zu gut an die Affäre erinnern. In mehreren Wahllokalen waren seinerzeit die gefälschten blauen Zettel gefunden worden, und die oppositionellen Zeitungen, die es damals noch gab, hatten einen Riesenskandal aus der Geschichte gemacht. Zur Zeit jener letzten Mehrparteienwahl war Ludasi ganze zwanzig Jahre alt und Aktivist des kommunistischen Jugendverbands. Einen Tag vor der Wahl hatte der Parteivorstand einige Jugendliche zusammengerufen und ihnen mitgeteilt, man müsse im Interesse des Volkes und zur Schwächung der reaktionären Kräfte die zu erwartenden Wahlergebnisse ein bißchen korrigieren. Ludasi erhielt den Auftrag, gemeinsam mit einigen anderen prinzipientreuen Jugendlichen auf einem zu diesem Zweck bereitgestellten Lastauto nach Vác zu fahren, Ludasis Heimatstadt, um dort im Wahllokal seine Stimme für die UKP abzugeben. Anschließend sollte er mit seinen blauen Zetteln, die offiziell nur diejenigen Wähler erhielten, die an ihrem Wahlort mit Nebenwohnsitz polizeilich gemeldet waren, nach Budapest zurückkehren, um dort noch etliche Urnengänge vorzunehmen. Der zuständige Genosse leugnete nicht, daß die blauen Zettel in der Druckerei der Kommunistischen Partei das Licht der Welt erblickt hatten. An jenem sonnigen Augusttag stimmte Ludasi insgesamt viermal für die Partei der Arbeiterklasse.

Er hatte dem ganzen Vorgang gegenüber schon damals durchaus gewisse Vorbehalte, die jedoch nicht moralischer, sondern eher politischer Natur waren. Wozu denn bloß diese Schmierenkomödie? dachte der zwanzigjährige Ludasi, schließlich ist die Machtfrage längst entschieden. Hier hat die bürgerliche Demokratie keine Chance mehr. Alle Macht dem Volk, die Reaktion wird einfach hinweggefegt. Wir haben die Kontrolle in der Politischen Polizei, hinter uns steht die Arbeiterklasse und nicht zuletzt die ruhmreiche Rote Armee. Die älteren Genossen hatten ihm damals erwidert, Strategie und Taktik seien zwei grundverschiedene Dinge, und man müsse vorrangig die internationalen Verpflichtungen des Landes berücksichtigen. Jahre später, als von den Parteien und Zeitungen, die mit der Blauzettelfälschung nicht einverstanden gewesen waren, kein Mauseschwanz mehr übrig war, wurde die berüchtigte Manipulation, mit deren Hilfe der Stimmenanteil ohnehin nur auf 21 Prozent gebracht werden konnte, kaum noch erwähnt. Wenn doch, dann sprach man von der Angelegenheit wie von einem gelungenen, witzigen Dummejungenstreich.

Und jetzt kommt plötzlich dieser Konterrevolutionär – Ludasi war sicher, aus welcher Ecke die Geschichte mit den blauen Wahlzetteln kam – und wirft nach mehr als zwölf Jahren der Partei des siegreichen Sozialismus vor, sie habe seinerzeit mit nicht ganz sauberen Mitteln gegen die Reaktion gekämpft! In Abweichung von seinen Gewohnheiten ließ sich der Direktor diesmal nicht auf lange Erörterungen ein, sondern sagte zu Gábor Kolozs: »An dieses Ereignis habe ich ein paar persönliche Erinnerungen, die ich gerne mit dir teilen würde. Leider muß ich jetzt die Halbjahreskonferenz vorbereiten. Wenn sie vorbei ist, können wir uns wieder mal treffen.«

Am nächsten Tag ließ Ludasi den auf Stundenbasis beschäftigten Gesanglehrer Dr. Rezsö Paulik zu sich rufen. Den Schulsekretär wies er an, zwei Tassen schwarzen Kaffee zu servieren und ihn ansonsten gegenüber jedem, der ihn persönlich oder telefonisch sprechen wollte, zu verleugnen.

Dann bat er Paulik, Platz zu nehmen – in demselben Sessel, in dem sonst Gábor Kolozs saß – und begann ohne Vorreden mit seiner offiziellen Mitteilung:

»Sehr geehrter Kollege Dr. Paulik. Auf meine Bitte hin hat die Gymnasialabteilung des Ministeriums die Genehmigung erteilt, Sie ab sofort zum Lehrer für ungarische Literatur zu berufen, und zwar für die Klassenstufen I, II und III. Diese

Tätigkeit können Sie zunächst stellvertretend für die Kollegin Podiski ausüben, die früher als erwartet in Schwangerschaftsurlaub gehen muß. Ich bitte Sie außerdem, bis auf weiteres im Fach Gesang und Musik für unsere Schule tätig zu sein. Ihr Gehalt erhöhen wir selbstverständlich entsprechend der von Ihnen erbrachten Leistungen.«

Paulik war über die Lautsprecheranlage aus einer Gesangsstunde zum Direktorzimmer beordert worden. Auf dem Weg dorthin war er sich ganz sicher, daß der Direktor ihm seine Entlassung mitteilen würde. Im Kopf formulierte er bereits Wort für Wort jene nicht provokanten, aber selbstbewußten Sätze, mit denen er auf den Hinauswurf reagieren wollte. Er überlegte noch, ob er Ausdrücke wie ›sozialistischer Humanismus‹ überhaupt verwenden sollte oder ob dies bereits ein zu großes Zugeständnis, wenn nicht gar Anbiederei von seiner Seite wäre.

Das, was Ludasi ihm tatsächlich zu sagen hatte, nahm ihm mit einem Schlag allen Wind aus den Segeln. Er bekam plötzlich Kopfschmerzen und heftige Magenkrämpfe gleichzeitig und konnte nur noch stammeln: »Recht vielen Dank, Herr Direktor.«

»Bei mir brauchen Sie sich nicht zu bedanken«, antwortete Ludasi mit leisem Lächeln, »das hängt doch alles mit unserer Politik zusammen. Wissen Sie, Kollege Ludasi, Ihr Jesus Christus soll gesagt haben: ›Wer nicht für mich ist, ist gegen mich.‹ Obwohl ich den Gekreuzigten sehr respektiere, denke ich darüber ein bißchen anders. Ich meine, wer nicht gegen uns ist, ist für uns – oder kann wenigstens die Chancen wahrnehmen, die wir ihm bieten. Ich weiß, daß viele Leute ein solches Prinzip ablehnen, unter ihnen auch bewährte Kommunisten. Aber sie werden sich diesem Gedanken mit der Zeit noch annähern. Und Sie, lieber Kollege, sind doch nicht gegen uns.« Aus seinem Tonfall war nicht deutlich, ob er den letzten Satz als Feststellung oder als Frage meinte. »Morgen erhalten Sie Ihre Berufung schriftlich.«

Dr. Paulik stand auf und schlich ein wenig gebeugt in Richtung Tür. Er hatte bereits die Klinke in der Hand, als ihn wie ein Hieb die beiden Sätze trafen, die Ludasi noch nachzutragen hatte: »Aber Gábor Kolozs gehört uns, lieber Kollege. Nur damit wir uns richtig verstehen.«

Der Schulsekretär nahm die beiden Kaffeetassen wieder weg, und István Ludasi gab ihm die Anweisung, die Tagesordnung der Halbjahreskonferenz im Lehrerzimmer auszuhängen. Dann blieb er im Direktorzimmer allein zurück. Sein Blick fiel auf das Foto von Makarenko. Er sah den Meister mit breitem Lächeln an und konnte sich kaum verkneifen, laut zu sagen, was er dachte:

Sehen Sie, Anton Semjonowitsch? Der Klassenkampf nimmt manchmal seltsame Formen an. Aber sein Wesen bleibt unverändert.

6

Der Beichtvater erteilte Paulik die Absolution wegen einiger Sünden, die kaum erwähnenswert waren – seine gelegentliche Ungeduld gegenüber einigen Schülern und sporadische Zweifel, ob der eigene Glaube in jedem Falle stark genug sei. Dann trat er aus dem Beichtstuhl heraus und verwandelte sich in den alten Freund und Ratgeber.

»Rezsö, um Gottes willen, überleg dir die Sache gut. Dieser Ludasi ist ein phantastisch guter Kommunist und will aus dem Kind einen von seiner Sorte machen. Womöglich ist er ein blindes Werkzeug in der Hand Gottes. Du hast für diesen Kolozs alles getan, was in deiner Macht stand. Er soll nun seinen eigenen Weg gehen, nach Gottes gütigem Ratschluß. Du jedoch hast, von einigen Einschränkungen abgesehen, die Möglichkeit, hundert jungen Seelen die Wahrheit zu verkünden, und die Wahrheit, egal ob sie durch Geschichte, Literatur oder gar Mathematik vermittelt wird, bringt den Menschen näher zu Jesus Christus. Gib doch Gott, was Gottes ist und den Genossen das Ihrige.«

»Danke, Pater«, antwortete Paulik erleichtert, mit Tränen in den Augen. »Ich werde tun, was du sagst. Du bist mein Freund

und Hirte, und ich will versuchen, deines Vertrauens würdig zu bleiben.«

Am nächsten Nachmittag war Dr. Paulik mit Gábor Kolozs verabredet. Doch bereits in der ersten Pause trippelte er nervös vor dem Raum der Klasse II a hin und her und wartete darauf, daß László Feiths Erdkundestunde zu Ende ging. Als er schließlich unter den herausströmenden Schülern Gábor Kolozs erblickte, winkte er ihn heran. Wortlos gingen sie zusammen über den Korridor und suchten nach einem leeren Raum. Das Naturalienkabinett war frei, und so setzten sie sich gewohnheitsgemäß in die erste Bank. Vor ihnen stand ein Plastikskelett, und in einer Vitrine gab es eine größere Anzahl ausgestopfter Vögel. Mehrere Schlangen in Spiritus und einige Frösche, Lurche und Eidechsen starrten sie mit glasigen Augen an.

»Lieber Gábor«, begann Paulik leise, »von heute an können wir unsere Gespräche nicht mehr fortsetzen. Bitte verlange von mir keine Erklärung. Das Leben ist kompliziert, und es gibt viele Rätsel, deren Geheimnis erst nach Jahren gelüftet werden kann. Von heute an bin ich für dich nichts weiter als ein Fachlehrer. Aber Gott ist mit dir. Er wird sich dir offenbaren.«

Dann erhob er sich, beugte sich über Gábor Kolozs, küßte ihn auf die Stirn, wandte sich um und verließ das Kabinett mit schnellen, erleichterten Schritten.

Gábor Kolozs sah mit leerem Blick auf das Skelett, auf die staubigen ausgestopften Vögel, auf die Schlangen und Frösche mit ihrem glasigen Blick. Er hat mich im Stich gelassen, war sein erster Gedanke, und für einen Augenblick fehlte ihm die Energie, sich von der Bank zu erheben und das Naturalienkabinett zu verlassen. Er hatte weder Kraft noch Lust, überhaupt irgend etwas zu tun.

Die Schulglocke ertönte zur zweiten Stunde, und er stand auf, weil er nicht zu spät kommen wollte. Lust auf ›Grundlagen unserer Weltanschauung‹ hatte er jetzt nicht gerade, obwohl Direktor Ludasi in der nun folgenden Stunde den Unterschied zwischen objektivem und subjektivem Idealismus erörtern wollte.

Paulik hat mich im Stich gelassen, sagte sich Gábor Kolozs auf dem nach abgestandener Luft riechenden Schulkorridor. Er hat mich im Stich gelassen, weil er Angst hat vor Ludasi. Gábor Kolozs betrat den Klassenraum, in dem der Direktor bereits mit dem Unterricht begonnen hatte, und setzte sich auf seinen Platz neben den dicken Andor Fekete.

7

»Die Anhänger des objektiven Idealismus«, sagte István Ludasi, »unter ihnen zweifellos bedeutsame Philosophen wie zum Beispiel Hegel, akzeptieren zwar die Existenz der materiellen Welt, bezeichnen jedoch den Geist, in diesem Falle den Weltgeist, als führendes Prinzip. Aus diesem vermeintlich Seienden leiten sie die Bewegungsgesetze der materiellen Welt ab. Diese Gesetze hat Hegel in genialer Weise in seine idealistische Auffassung hineingebastelt, und Karl Marx hat es einige Mühe gekostet, seinen großen Vorgänger vom Kopf auf die Füße zu stellen, wie wir diesen Vorgang nennen. Das war nötig, um die wissenschaftliche Theorie der Arbeiterklasse, nämlich den dialektischen und«, hier hob Ludasi bedeutungsvoll den Zeigefinger, »den historischen Materialismus, der am stärksten von der klassischen Philosophie abwich, entwickeln zu können. Trotzdem müssen wir Hegels große Bedeutung anerkennen, vor allem wenn wir bedenken, daß es sogar nach Hegel noch bürgerliche Philosophen gab, etwa Mach oder Avenarius, deren Verirrungen so weit gingen, daß sie die objektive Existenz der Materie leugneten beziehungsweise diese nur als Widerspiegelung der menschlichen Wahrnehmung zur Kenntnis nehmen wollten. Diese extremen subjektiven Idealisten nennen wir Solipsisten. Ihr seid eine Klasse mit Latein als Schwerpunkt und müßt also wissen, daß diese unmöglichen Theoretiker das Prinzip ›solo ipso‹, das heißt ›allein das Selbst‹ auf ihre Fahne geschrieben haben. Ihre Vertreter behaupten, es existiere nur das, was der Mensch durch seine eigene Wahrnehmung erfahre. Konsequente Solipsisten jedoch gibt es nur im Irrenhaus«, fügte er hinzu und löste damit allgemeine Heiterkeit aus.

Ludasi ist einfach großartig, dachte Gábor Kolozs, wobei in seinem Kopf ganz andere Gedanken oder vielmehr Bilder kreisten. Er sah den alten Hegel vor sich, wie er auf dem Kopf stand. Dieser Vorgang war für ihn als Turnübung durchaus vorstellbar, und der widerliche Turnlehrer Endre Kulics konnte damit fast zu Tränen gerührt werden, ebenso wie etwa der Lateinlehrer Gaál von einem Cicero-Zitat. Nach einigen Minuten jedoch verursacht ein Kopfstand einen Blutstau im Gehirn, der nach Ansicht der Biologielehrerin Tóth unter Umständen lebensgefährlich werden kann. Dementsprechend konnte Hegel mitsamt seiner Philosophie im konkreten Sinn nur auf den Füßen stehend überlebt haben. Hegel betrachtete also seine eigenen Wahrnehmungen rein subjektiv oder sogar subjektiv-idealistisch als die richtigen und hielt während seines ganzen langen Lebens daran fest.

Gábor Kolozs selbst jedoch befand sich in einer immer schwierigeren Situation. Die Diskussion mit den beiden Männern lief scheinbar über seinen Kopf hinweg, fand aber in Wirklichkeit mitten in seiner Seele statt. Einerseits schmeichelte es ihm und machte ihn fast glücklich, daß zwei kluge Erwachsene um ihn wetteiferten. Beiden gegenüber konnte er sagen, denken und fühlen, was er wollte, und beide waren nicht imstande, seinem Blick auszuweichen. Sein Blick war also ein Machtfaktor.

Andererseits mußte er jetzt dringend einen Beschluß fassen, und dieser Beschluß würde eine Reihe anderer Entscheidungen als Folge nach sich ziehen. Beide Erwachsene lauschten seinen Worten, aber nur solange, wie diese einen Reim auf ihr eigenes Denken bildeten. Es konnte also sein, daß die Solipsisten doch recht hatten, denn er fühlte sich, als existiere er ausschließlich in der Wahrnehmung der beiden Männer.

Aber nein, Gábor Kolozs wußte doch von sich, daß er hundertfünfundfünfzig Zentimeter groß war und über ein Gewicht von dreiundvierzig Kilo verfügte. Daraus ergab sich, daß er zehn bis fünfzehn Kilo zunehmen und etwa zwölf Zentimeter wachsen mußte, um zum Beispiel von den Schülerinnen des Gymnasiums ›Mária Lebstück‹ wahrgenommen zu werden. Solange er nicht wahrgenommen wurde, stand er auf dem Kopf wie Hegel. Nein, er lag machtlos auf dem Rücken wie ein Maikäfer, den ein Windstoß vom Baum geweht hat.

Danach folgte die Gesangsstunde. Dr. Paulik dozierte über die Entwicklung der ungarischen Volksmusik, die zunächst rein pentatonischen Charakter gehabt hatte, was Paulik mit dem asiatischen Ursprung der ungarischen Nation in Zusammenhang brachte. »Auf ihren Reisen, die dem Sammeln von Volksliedern dienten«, sagte er, »beschäftigten sich Bartók und Kodály unaufhörlich mit der Frage, wieso die ungarischen Volkslieder allmählich auch Halbtöne aufgenommen haben. Im Grunde war es so, daß sich die ungarische Melodik nach und nach ihrer Umgebung anpaßte und gleichzeitig ihren spezifisch ungarischen Charakter beibehielt. Hört mal zu! Ich zeige euch jetzt ein typisch ungarisches Volkslied in Dur.« Mit plötzlicher Entschlossenheit schlug er mit der Stimmgabel an seinen kahlen Kopf, summte den Kammerton A und begann ein Volkslied zu singen:

»Zweierlei Wege dort,
welchen soll ich gehen?
Zweierlei Maiden schön,
kann nicht widerstehen.

Blonde Maid, lieb' dich sehr,
zornig wird die Schwarze,
und so schlägt dumpf mein Herz
zum Gesang der Parze.«

»Wer möchte fortsetzen?« fragte Dr. Paulik und starrte Gábor Kolozs an. Dieser stand auf und sang mit klarer Stimme die dritte Strophe des Volkslieds:

»Blonde Maid, lieb' dich sehr,
Pfingsttag bringt die Wende.
Schwarze Maid, ich bin dein
bis zu meinem Ende.«

Dann sang er, Pauliks Handbewegung folgend, dieselbe Melodie mit der Bezeichnung der Töne: »c-a-f- / c-a-f / f-f-e-d-g-g / e-d-c / c-a-f / d-d-g-g-f-f.«

»Hört ihr, Jungs?« sagte Dr. Paulik mit Triumph in der Stimme. »Alles ist drin, sowohl die europäische Diatonie, teilweise geliehen aus der Kunstmusik, gleichzeitig der unverfälschte ungarische Charakter. Ebenso hat sich das Magyarentum im Laufe seiner Geschichte immer seinem Umfeld angepaßt, während es an seiner unnachahmlichen Identität festhielt.«

Nein, dachte Gábor Kolozs, so ist das vielleicht in der Musik, nicht aber in der Wirklichkeit. In der Wirklichkeit muß man immer wählen: Zwischen der Blonden und der Schwarzen, zwischen Paulik und Ludasi, zwischen Gott und dem Kommunismus, zwischen Idealismus und Materialismus. Jede Wahl führt dazu, daß sich der Wählende verändert. Und zu einer Entscheidung mußte Gábor Kolozs nun kommen, im sicheren Bewußtsein dessen, was der Lateinlehrer Gaál gewöhnlich als Beispiel für die passive Satzstruktur der lateinischen Sprache erwähnte: Tertium non datur. In diesem Fall mußte jedoch die Verantwortung für die Entscheidung und all ihre Folgen der ewig Seiende übernehmen.

8

Nach der letzten, so sehr ernüchternden Begegnung mit Dr. Paulik stellte Gábor Kolozs dem lieben Gott ein Ultimatum: Bis zum letzten Februartag des Jahres 1960 sollte der Schöpfer Gelegenheit haben, mit ihm zu sprechen. Er bewilligte dem Allerhöchsten also eine Frist von zehn Tagen, um sich zu zeigen – das waren immerhin vier Tage mehr, als für den gesamten Schöpfungsakt zur Verfügung gestanden hatten.

Das Jahr 1960 war ein Schaltjahr, und der letzte Februartag fiel auf einen Montag. Am Vormittag heimste Gábor Kolozs in Physik eine gute Note ein. Das hob seine Stimmung, und am Nachmittag paukte er Biologie für den nächsten Tag, weil er sich ausrechnete, daß er bald mal wieder abgefragt werden würde. Am späten Nachmittag blieb sogar noch eine Stunde für einen Spaziergang übrig. Im Schaufenster des Großwarenhauses sah er die neuen tschechoslowakischen Anzüge, die es auch für Jugendliche gab.

Nach dem Abendessen las er den Roman *Zwanzig Jahre später* von Dumas und hörte mit dem Lesen auch im Bett nicht auf. Allerdings schaltete er das Deckenlicht aus und hielt eine Taschenlampe in der linken Hand, um die Buchseiten zu beleuchten. Er wollte um jeden Preis die Mitternachtsstunde in wachem Zustand erleben. Mehrmals fielen ihm die Augen zu, dann schrak er auf; nein, sagte er sich, ich darf noch nicht einschlafen. Durchhalten, es dauert ja nicht mehr lange. Dann war es drei Minuten vor Mitternacht, er beobachtete das Zifferblatt der ›Pobjeda‹. Der Stundenzeiger stand eine Winzigkeit von der Zwölf entfernt, der Minutenzeiger näherte sich langsam, der Sekundenzeiger schnell. Im nächsten Augenblick waren sie genau deckungsgleich. Ringsum war es ganz still.

Kein Geräusch, kein Schemen, keine himmlische Erscheinung.

Wenn nicht, dann eben nicht, dachte Gábor Kolozs, schaltete die Taschenlampe aus und schlief friedlich gestimmt sofort ein.

Am nächsten Vormittag suchte er in der Pause György Röder aus der IV a auf und überreichte ihm den Aufnahmeantrag für den Kommunistischen Jugendverband.

9

»Ich …«, begann Gábor Kolozs mit seiner klangvollen Kinderstimme, und gleich sprachen es fünfzig Schüler nach: »Ich …«

Am 21. März fand für fünfzig neue KISZ-Mitglieder das feierliche Gelöbnis im Großen Saal des Kulturhauses der Postgewerkschaft statt. Es verstand sich von selbst, und Direktor Ludasi hatte gegen diese Idee des KISZ-Sekretärs Röder nichts einzuwenden, daß Kolozs den Text des Gelöbnisses vorsprechen sollte, Gábor Kolozs unter der roten Seidenfahne auf der Bühne des Kulturhauses.

Ich gelobe … lobe …, summte der Saal vielfach zurück, … daß ich der Fahne der Partei und des KISZ … immerfort … fort … treu … treu bleibe… bleibe … Ich gelobe … lobe … mit allen … allen … Kräften… ften … meine Heimat … mat … die Ungarische Volksrepublik … rische …Volks … publik … publik … zu schützen … schützen … zen.

Auf das Gelöbnis folgte ein festliches Mittagsmahl. Genosse Böröczfi, Delegierter des Budapester KISZ-Komitees, begrüßte die frischgebackenen Mitglieder in aufgeräumter Laune und nutzte die feierliche Gelegenheit zu einer wichtigen Erklärung:

»Wir haben es unserer langjähriger Arbeit zu verdanken, daß wir in der Geschichte der Jugendbewegung jetzt ein neues Kapitel aufschlagen können. Von nun an erleichtern wir die Aufnahmebedingungen, und unsere Organisation wird von einer Avantgarde zu einer Massenorganisation der sozialistisch lebenden und arbeitenden Jugend. Sogar religiöse Jugendliche haben bei uns eine Chance. Wir werden sie dann nachträglich umerziehen.«

Nach dem stürmischen Applaus war die Stimmung gelöst, und jemand schlug vor, gemeinsam zu singen. Nach mehreren Revolutionsgesängen und Volksliedern besann man sich auf die *Moskauer Nächte*. Mehrere Anwesende erinnerten sich, daß dieses Lied besonders gut klang, wenn es von Gábor Kolozs gesungen wurde. Man ermunterte ihn wieder und wieder zum Vortrag, so daß er schließlich zum selben Mikrophon ging, über das er zuvor seinen Kameraden den Text des Gelöbnisses vorgesprochen hatte.

Gábor Kolozs beugte sich leicht vor, atmete tief ein und begann: »Es ward still im Garten ...«. Er kam bis zur dritten Zeile, die anderen summten die Melodie mit, aber bei dem Textteil »Es war Sommer, Abenddämmerung ...«, stockte plötzlich seine Stimme. Ich habe zu hoch angefangen, dachte er und begann die Strophe erneut, diesmal etwas tiefer. Jetzt kam er bis zu der Zeile »Unten der Moskwa-Fluß«, die letzte Zeile jedoch, »war so schön, war so wunderschön ...« endete in Krächzen.

Gábor Kolozs machte gute Miene zum bösen Spiel. »Anscheinend bin ich heute heiser, Entschuldigung«, sagte er lächelnd, obwohl er genau wußte, daß der Stimmbruch die Ursache für die mißglückte Darbietung war. Die Anwesenden klatschten freundlich, und Gábor Kolozs kehrte zurück an seinen Tisch. Die anderen gingen zur Tagesordnung über und fanden schließlich ein Mädchen aus dem Gymnasium ›Mária Lebstück‹, die bereit war, das Lied vorzutragen. Sie hatte jedoch ein so dünnes Stimmchen, daß ihr Gesang schon bald in den Geräuschen heiterer Geselligkeit unterging.

10

In jenem Frühling wurde die Welt größer für Gábor Kolozs. Er verbrachte seine gesamte Freizeit mit den Genossen aus dem Kommunistischen Jugendverband.

Wie aus der Rede des Genossen Böröczfi hervorgegangen

war, bestand der Jugendverband bisher aus einer handverlesenen Avantgarde, und die Zugehörigkeit galt als Privileg. Im Gymnasium waren sie so wenige, daß sie gemeinsam genügend Platz in jenem Klubraum fanden, den sie sich selbst aus zwei zusammenhängenden Klassenräumen geschaffen hatten zum Zweck politischer Versammlungen und Seminare, zum Plaudern und an Samstagabenden zum Tanzen. Dieser Klub, den jeder betreten durfte, der ein rotes Mitgliedsbuch hatte, wurde für Gábor Kolozs sehr bald zu seinem zweiten, eher noch seinem eigentlichen Zuhause.

Der Hausherr des KISZ-Klubs, György Röder, verfügte über eine Macht, die um nichts geringer war als die eines Klassenlehrers. Röder war sich zu gut, um mit irgendeinem dahergelaufenen Lehrer eine Diskussion über die Jugendorganisation und damit verbundene Probleme zu beginnen. In diesem Klub ziemte es sich im allgemeinen nicht, über Lehrer gut zu sprechen. Ausnahmen waren der kommunistische Direktor und ein paar Pädagogen, die Parteimitglieder waren.

Gábor Kolozs genoß es außerordentlich, wenn Röder den Turnlehrer Kulics als Rindvieh und Horthy-Feldwebel bezeichnete, »ein Überbleibsel des alten Regimes«, oder wenn er den Klassenlehrer Feith als sadistische Bestie und nationalchauvinistisch gesinnten Reaktionär titulierte. Obwohl er keine Ahnung hatte, durch welche Merkmale sich ein Horthy-Feldwebel auszeichnete oder wie der ungarische Nationalchauvinismus der Vorkriegszeit beschaffen war, rechtfertigten andere Charakterisierungen wie ›Rindvieh‹, gestützt durch eigene Erfahrungen, scheinbar auch die politischen Anklagen. Daß man alle Dummköpfe und Quälgeister in dieser Lehrerschaft offen an den Pranger stellen durfte, befriedigte Gábor Kolozs' Bedürfnis nach Gerechtigkeit und gleichzeitig seinen Wunsch nach Freiheit. Wenn das der Kommunismus ist, dachte er, dann war ich bereits vor anderthalb Jahren Kommunist.

Auch Wissen wurde in diesem Klub anders abgefordert als in den Klassenräumen des Gymnasiums. Wer den neuen Film von Grigori Tschuchrai oder das neue Stück von Pavel Kohout nicht gesehen, wer Jessenin und André Schwarz-Barth nicht gelesen hatte, wer keinen Unterschied zwischen Ben Bella und Ben Khedda, zwischen Mobutu und Kasawubu, zwischen den Bolschewiki und den Menschewiki ausmachen konnte, der bekam weder eine schlechte Note noch eine Rüge, aber er gehörte einfach nicht mehr dazu. Wer nicht gebildet war, war nicht modern, wer nicht modern war, war uninteressant, wer uninteressant war, war ein kleinbürgerliches Arschloch, und wer ein Arschloch war, zählte eben nicht.

An Samstagabenden kamen, ausgestattet mit dem roten Mitgliedsbuch, auch die Mädchen in den Klub. Sie saßen auf den Stühlen an der Wand, nippten Himbeersaft und kauten Käsestangen, die zum Selbstkostenpreis verkauft wurden. Man hatte irgendwo ein schwerfälliges Tesla-Tondbandgerät aufgetrieben, und von dort kam ›I love you Baby‹, ›Marina‹ und einige mutigere Rock 'n' Roll-Stücke, die allerdings den aufsichtführenden Lehrer dazu veranlaßten, die Augenbrauen zusammenzuziehen. Getanzt wurde auch, und die Stimmung wurde vom Cha-Cha-Cha und dem geschmeidigen Tango beherrscht. Zwei Ordner mit Armbinden paßten auf dem Korridor auf, daß sich erhitzte Pärchen nicht in weit entfernte, leerstehende Klassenräume verirrten, und gelegentlich gingen sie vor den Toiletten schnüffeln, ob nicht verbotener Zigarettenrauch herausdrang. Der Genuß von Alkohol in jeglicher Form war selbstverständlich ebenfalls verboten.

An Sonntagen verwandelten sich die üblichen Besucher des Klubs in eine Ausflugsgesellschaft. Bis Pomáz fuhren sie mit der S-Bahn, und von dort aus wanderten sie zu Fuß durch die Pilis-Berge. Nach längerem Fußweg ließen sie sich paarweise auf einer Wiese nieder, den Rücken des anderen als Lehne benutzend. Sie packten ihr mitgebrachtes Essen aus, genossen den Frühling, sangen Kampflieder, Volkslieder und Schlager, ließen sich immer andere Gesellschaftsspiele einfallen, verliebten sich, waren eifersüchtig und trennten sich wieder. Mit wichtigtuerischem Ernst und gleichzeitiger Ahnungslosigkeit bereiteten sie sich auf das Erwachsenenleben vor.

Das war die Welt, in der sich Gábor Kolozs bewegte, wenn auch bisher nur an ihrer Peripherie. Er traute sich noch nicht, an den Gesprächen teilzunehmen. Nur manchmal sagte er ein begeistertes Ja, wenn jemand eine Meinung äußerte, mit der er zutiefst einverstanden war. Er las eifrig die Bücher, die man ihm borgte, sah sich nach und nach alle obligatorischen Filme an, am Samstagabend und Sonntag bestaunte er im Klub mit großen Augen die Mädchen und stellte sich mit jeder einzelnen den großen Augenblick vor, wenn das Wunder des ersten Kusses, bekannt aus Schlagern und von der Leinwand, Wirklichkeit werden würde. Er war gerade erst auf einem neuen Planeten gelandet, und dieser nahm bereits all seine Phantasie, Zeit und Kraft in Anspruch.

11

Die Mutter ertrug die neue Lebensweise von Gábor Kolozs immer schlechter. »Der junge Herr kommt nur noch nach Hause, um zu essen und zu schlafen«, faßte sie eines Abends die Lage zusammen. Der Vater zuckte ohnmächtig die Achseln, und die Mutter hatte wie immer den Eindruck, in einer entscheidenden Frage alleingelassen zu werden.

Vor allem war sie empört, wenn ihr Sohn abends spät nach Hause kam. Zwar hatte Gábor Kolozs einen eigenen Wohnungschlüssel, doch die Mutter verriegelte immer die Küchentür von innen, damit er gezwungen war, zu klingeln, sie zu wecken und in ihre anklagenden Augen zu schauen. Allerdings gab sie sich niemals mit dem stummen Vorwurf zufrieden, sondern ließ mit scharfer schriller Stimme einen Schwall endloser Beschimpfungen vom Stapel – so laut, daß sich manchmal die Nachbarn aus dem Fenster herausbeugten, um besser hören zu können, was bei den Kolozs vor sich ging. Die Monologe der Mutter waren vermutlich direkt diesem Publikum gewidmet und enthielten im wesentlichen immer die gleichen Versatzstücke: Der KISZ, immer der KISZ, diese

Vereinsmeierei, das ist sein Gott, nur das braucht er – nicht die Arbeit, nicht die Schule, sondern diese Versammlungen, diese ständige Politikmacherei. Die Mutter kann krepieren, der Vater kann krepieren, alle können krepieren, können malochen seinetwegen, das Geld verdienen, er gibt es dann schon aus, aber Arbeit stinkt ihm – nicht wie bei mir, ich bin in seinem Alter schon putzen gegangen. Nichts wird aus ihm, er wäscht sich nicht, ist ungepflegt, fällt in der Schule durch und fälscht Urkunden. Er lügt, er, der große KISZ-Mann und Kommunist. Ein Nichtsnutz ist er, kein Kommunist. Soll das etwa der Kommunismus sein, teurer Genosse, daß wir spät in der Nacht nach Hause kommen? Seht ihn euch an, den jungen Herrn! Daß anständige Menschen schon schlafen, schert ihn überhaupt nicht, die können seinetwegen alle krepieren …

In der ersten Zeit versuchte Gábor Kolozs noch, die Mutter zu beschwichtigen, weil er sich vor den Nachbarn für ihr Geschrei schämte. Damit provozierte er jedoch grundsätzlich einen weiteren Redeschwall: »Ich sag dir gleich was von ›Psst‹! Du kannst deiner Mutter nicht den Mund verbieten, denn deine Mutter hat dich zur Welt gebracht, und du hast ihr alles zu verdanken. Du hast kein Recht, dieser Mutter den Mund zu verbieten. Wo gibt's denn so was! Das also hast du gelernt in deinem KISZ, wo du ewig herumlungerst! Du machst sie ganz richtig, die KISZ-Sachen! Brav! Das also wird euch dort beigebracht! Von mir hast du das nicht, und auch nicht von deinem Vater, der ein Krüppel geworden ist wegen der Pfeilkreuzler. Also geh schon hinein, küß ihm die Hände, fall vor ihm auf die Knie und entschuldige dich! Du hast ja überhaupt keine Ahnung, was er alles für dich getan hat, aber wenn er stirbt, dann wirst du es wissen. Dann ist es aber zu spät, dann ist er tot, und du hast ihn zugrunde gerichtet, du mit deinem KISZ, mit deiner ewigen Jugendarbeit!«

Gábor Kolozs reagierte inzwischen nicht mehr auf die Schimpftiraden der Mutter. Er kehrte ihr den Rücken und starrte apathisch ins Nichts, ganz wie der Vater, und er wartete, daß die Mutter von allein aufhörte. Nach einer Weile, wenn die

Mutter sah, daß sie kein Publikum hatte, hörte sie tatsächlich auf, aber jeder Vorwand war ihr recht, um von vorn anzufangen. Gábor Kolozs floh diese häusliche Idylle, sooft es irgend ging, und versuchte immer weniger Zeit in der Wohnung zu verbringen. Dadurch lieferte er gleichzeitig der Mutter immer neue Munition.

An einem Aprilvormittag bat der KISZ-Sekretär Röder, Gábor Kolozs möge einen Brief an den Genossen Böröczfi im Budapester Stadtkomitee des KISZ persönlich überbringen – aber wirklich persönlich, denn der Brief sei vertraulichen Inhalts. Das Stadtkomitee hatte seinen Sitz auf dem Platz der Republik, nicht weit vom Gymnasium. Leider, sagte die Sekretärin, sei der Genosse Böröczfi noch nicht zurück aus dem ZK des Jugendverbands, aber der Genosse Kolozs könne den Brief ruhig bei ihr hinterlegen. Gábor Kolozs wollte aber die Instruktion Röders unbedingt einhalten, und obwohl er wie auf Kohlen saß, wartete er lange auf den KISZ-Funktionär, der dann den Brief mit einer zerstreuten Handbewegung der Sekretärin übergab, damit diese ihn gelegentlich lese. Gábor Kolozs kehrte sich enttäuscht um und nahm den Weg nach Hause.

Sobald er das Haus in der Klauzál-Straße betrat, hörte er sofort die schrille Stimme der Mutter, und er fühlte, wie vor Schreck das Blut in seinen Adern stockte. Zum ersten Mal in seinem Leben hatte er vergessen, das kostenlose Mittagessen für den Vater abzuholen. Es war bereits halb sechs, eine hoffnungslos verfahrene Geschichte, und Gábor Kolozs beschloß, sich bei seinen Eltern reumütig zu entschuldigen und zu versprechen, daß so etwas nie wieder vorkommen würde.

Die Mutter stand vor der offenen Wohnungstür und schrie ihre Wut gegen den Sohn so laut heraus, daß wohl oder übel alle Hausbewohner beteiligt waren. Gábor Kolozs betrat instinktiv die Wohnung und machte von innen die Tür zu, damit die Nachbarn wenigstens nichts zu sehen bekamen. In der Mitte des Zimmers stand der Henkelmann als corpus delicti auf der Singer-Nähmaschine. Dr. Dániel Kolozs lag auf dem Sofa mit dem Gesicht zur Wand. Gábor Kolozs hockte sich vor dem Sofa nieder und berührte ihn leicht an der Schulter:

»Verzeih mir, Vater!« sagte er mit weinerlicher Stimme. »Es war keine Absicht, und ich konnte nichts dafür.« Dr. Dániel Kolozs zeigte keinerlei Reaktion. »Verzeih mir doch, Vater, es wird nicht wieder vorkommen!«

»Nicht wieder vorkommen!« äffte die Mutter ihn nach, die inzwischen hinter ihm stand. »Du Verbrecher! Du Mörder! Sein Vater verhungert, und er sitzt im KISZ, immer im KISZ, Tag und Nacht. Der Vater kann verhungern, der Vater, den die Schurken nach Mauthausen verschleppt haben. Die haben ihm nichts zu essen gegeben, und er gibt ihm auch nichts zu essen, er bringt ihn um, den Vater!« Plötzlich sprang sie zur Nähmaschine, nahm den Henkelmann in die Hand und ging mit wutverzerrtem Gesicht auf Gábor Kolozs los. Sie packte den schwarzen Rahmen des Essenträgers mit beiden Händen und begann wie irrsinnig auf Gábor Kolozs einzudreschen.

»Das ist für dich! Da, nimm! Für dich, für den KISZ, du KISZ-Mitglied, du KISZ-Versammler, du Mörder!« Das Aluminiumgeschirr war leicht und bekam bei jedem Schlag eine neue Delle. Die Schläge verursachten keinen Schmerz, aber Gábor Kolozs fühlte, daß er diesen Anfall der Mutter nicht eine Sekunde länger aushalten konnte. Zuerst versuchte er, ihr den Henkelmann aus der Hand zu reißen. Als sie jedoch mit hysterischem Geschrei das Geschirr festhielt, schlug Gábor Kolozs ihr mit vollem Schwung auf die rechte Hand. Der Henkelmann fiel scheppernd zu Boden. Die Mutter verstummte und sah mit erschrockenem Staunen ihren Sohn an. Ihre Hände, die ihn kurz zuvor noch geschlagen hatten, hingen nun kraftlos herunter. In diesem Augenblick kam ein gewaltiges Brüllen aus der Richtung, wo das Sofa stand: »Nein!« Und noch einmal: »Nein!«

Der Vater stand vor ihm, mit glühenden Augen, stolz erhobenem Haupt, in aufrechter Haltung, wie er ihn noch niemals gesehen hatte. Er hob mit entschlossener Geste beide Hände und sagte: »Du bist nicht mehr mein Sohn.«

Die Mutter wandte sich ab und schluchzte leise.

Der Vater ging ins Badezimmer und schloß hinter sich die Tür. Aufgrund der Geräusche konnte man annehmen, daß er sein Gesicht wusch und sich rasierte, das heißt, er bereitete sich auf den Freitagsgottesdienst am Bethlen-Platz vor. Aus dem Badezimmer kam er bereits im weißen Hemd, mit schwarzer Jacke und Hut. Er ging direkt zur Wohnungstür, und Gábor Kolozs folgte ihm. »Vater«, flüsterte er aufgeregt, »ich begleite dich.« Der Vater schaute ihn wortlos an, dann verließ er die Wohnung und ging entschlossenen Schrittes zum Haustor.

Erst auf der Wesselényi-Straße brach er zusammen. Herzattacke, sagte der Notarzt.

12

Am Samstag morgen meldete sich Gábor Kolozs vor der ersten Unterrichtsstunde beim Direktor. Zu Ludasis Vorzimmer, in dem der Schulsekretär saß, kam man über den Lehrersaal. Die spezielle Beziehung der beiden war zu dieser Zeit bereits allen bekannt, so daß die Lehrer und Lehrerinnen, die sich auf ihre Stunden vorbereiteten, Gábor Kolozs kommentarlos an dem zehn Meter langen Tisch vorbeigehen ließen. Nur László Feith warf ihm einen argwöhnischen Blick zu.

Der Schulsekretär ging in das Direktorzimmer und kam nach fünf Sekunden wieder heraus. Er nickte Gábor Kolozs wortlos zu, und dieser betrat das Direktorzimmer mit der Schultasche auf dem Rücken und der zerknitterten Gymnasiastenmütze in der Hand.

»Die Lage ist so, Herr Direktor«, sagte er und versuchte Ludasi dabei nicht anzusehen, »daß der Vater, also daß mein Vater krank ist. Er hat einen Herzanfall bekommen. Es geht ihm jedoch bereits besser«, fügte er hinzu, weil er Fragen nach

Einzelheiten vermeiden wollte. Der Direktor schien jedoch voll im Bilde zu sein, denn er fragte sofort: »Gab es bei euch in letzter Zeit irgendwelche Spannungen?«

»Es gab Spannungen«, sagte Gábor Kolozs. »Besonders mit der Mutter.«

István Ludasi fragte nicht weiter. Während er seine Stirn sorgenvoll runzelte, war er gleichzeitig mit seiner pädagogischen Leistung sehr zufrieden. Die ›Sprengung‹ im Sinne Makarenkos ist also gelungen, dachte er, die defektive Persönlichkeit hat sich ihrem Umfeld entgegengestellt, welches das größte Hindernis für ihre Entwicklung bildete. Natürlich leidet darunter die Familie, und vor allem leidet der Junge. Er sieht aus wie von einer Lawine verschüttet. Makarenko wußte das, wie hatte er den Vorgang noch gleich beschrieben? Ludasi hätte den Text unten auf der Seite auswendig zitieren können: »Darin besteht die formelle Gefährlichkeit der ganzen Sprengungsoperation, und deshalb schrecken davor alle Anhänger der Evolution zurück. Ihre Auffassung ist jedoch nicht viel glücklicher als diejenige des Arztes, der auf die Evolution der Krankheit hofft und deshalb das Magengeschwür nicht operieren will. Aber die Evolution der Krankheit ist der Tod.«

Gleichzeitig fühlte Ludasi, daß er jetzt etwas für das Kind tun mußte. Sobald Gábor Kolozs das Zimmer verlassen hatte, rief er Frau Horváth an, die Leiterin der Sozialabteilung im Jugendamt, und fragte, ob er nicht eine außerordentliche Hilfsleistung für einen Gymnasiasten in Anspruch nehmen könne, der sich in einer akuten Notlage befinde. »Für die Anschaffung von Kleidern haben wir noch einen kleinen Etat«, antwortete die Frau und bot Ludasi aus ihrem Verfügungsfonds einen Warengutschein in Höhe von fünfhundert Forint an. Hervorragend, dachte Ludasi. Dann sieht der arme Junge bei der ersten Maikundgebung seines Lebens wenigstens gut aus.

13

Seit Freitag nachmittag war das Leben für Gábor Kolozs weit schwieriger geworden als vorher.

Als habe sie die Rolle des Vaters übernommen, war es nicht möglich, aus der Mutter auch nur ein einziges Wort herauszubringen. Am Samstag und Sonntag war sie die ganze Zeit unterwegs: Entweder war sie beim Vater im Krankenhaus, oder sie war irgendwo zwischen der Wohnung und dem Krankenhaus in der Péterfi-Straße. Sie brachte dem Vater Himbeersaft und Schokolade, und unmittelbar darauf brachte sie Himbeersaft und Schokolade wieder zurück. Auf den fragenden Blick von Gábor Kolozs antwortete sie mit einem verzweifelten Kopfschütteln.

Die Mutter schnitt ihn, sofern man jemanden auf zweiundvierzig Quadratmeter Wohnfläche überhaupt schneiden kann. Wenn Gábor Kolozs die Küche betrat, ging sie automatisch ins Wohnzimmer; wenn er sich im Zimmer aufhielt, saß sie am Küchentisch und stierte mit glasigen Augen vor sich hin. Sie bereitete das Frühstück, das Mittagessen und das Abendbrot stumm vor, wusch wortlos, bügelte ohne einen Laut, und am Montagmorgen ging sie zu ihrer Arbeitsstelle, ohne sich von ihm zu verabschieden.

Nach der sechsten Stunde am Montag rannte Gábor Kolozs, von Unruhe getrieben, nach Hause, um den Henkelmann zu holen. Wenn er heute nicht in die Sípstraße gehen würde, dann wäre das ein weit schwerwiegenderer Fall von unentschuldigter Säumnis als das Schuleschwänzen vor einem Jahr, das ihm so viele Schikanen eingebracht hatte. Er hatte das Gefühl, als wäre er der dicken Köchin, der gnädigen Frau Mossbacher, dem Herrn Fischer und all den zitternden, alten, häßlichen, elenden Juden über seinen Vater Rechenschaft schuldig, und dieser – da gab es nichts zu beschönigen – lag auf der Intensivstation des Krankenhauses an der Péterfi-Straße, und es ging um Leben und Tod. Wenn ich heute sein Mittagessen nicht abhole, dachte er, während er den Eingang zu dem ehemals vornehmen, aber jetzt vom Sturm der Geschichte ramponierten Gemeindehaus betrat, wenn ich jetzt die kostenlose Küche schwänze, dann kann ich hier nie mehr einen Fuß über die Schwelle setzen.

Es gab Bohnensuppe mit kleinen Fleischstücken, als zweiten Gang Risi-Pisi und zum Nachtisch Karamelpudding. Ich esse es lieber auf, bevor ich es wegwerfe, dachte er, als er nach Hause kam. Die Suppe und das Risi-Pisi stellte er zum Anwärmen auf den kleinen Gasherd, und vor nervöser Ungeduld aß er sofort den Karamelpudding. Als er damit fertig war, begann er das inzwischen warm gewordene Risi-Pisi zu verzehren, aber er konnte nur die Hälfte davon herunterbringen.

Er saß allein am Küchentisch und löffelte lustlos die lauwarme Bohnensuppe aus dem Aluminiumgeschirr. Plötzlich ergriff ihn ein sonderbares Gefühl: Jetzt bin ich mein eigener Vater. Ich bin er, nur fünfunddreißig Jahre später.

Später ging Gábor Kolozs zum obligatorischen KISZ-Nachmittag. György Röder brachte ihnen das neueste sowjetische Lied vom Sputnik sowie einen Marsch des französischen Widerstands bei. Dann übten sie auf dem Schulhof das Marschieren, denn der 1. Mai und damit die Kundgebung kamen immer näher. Gegen fünf Uhr schaute Gábor Kolozs verstohlen auf seine Uhr. Zu dieser Zeit kam die Mutter immer nach Hause, und normalerweise erwartete sie von ihm, daß er dann anwesend war. Am Ende der gemeinsamen Aktivitäten schlug ihm jedoch Röder freundschaftlich vor, in das Bistro ›Rakete‹ am Westbahnhof zu gehen. Er lud ihn zu einer Portion Bratkartoffeln ein, und Gábor Kolozs war außerstande, dieses Angebot abzulehnen.

György Röder erzählte hochinteressante und begeisternde Dinge über die ungenutzten Brachflächen in der Sowjetunion, über den Atomeisbrecher ›Lenin‹, die Volkskommunen in China und die bärtigen Partisanen von Fidel Castro. Als sie nach Hause gingen, war es bereits elf Uhr.

Gábor Kolozs kam mit dem gewohnten schlechten Gefühl

zu Hause in der Klauzál-Straße an. Seinen letzten Forint gab er dem Hausmeister als Torgeld, dann drehte er zweimal den Schlüssel im Schloß der Küchentür. Beim zweiten Drehen öffnete sich die Tür – die Mutter hatte sie nicht verriegelt. Sie sagte auch kein einziges Wort, obwohl die Wanduhr soeben halb zwölf schlug. Sie lag auf dem Rücken im Bett und starrte zur Decke.

Gábor Kolozs löschte das Licht, zog sich schnell aus, schlüpfte mechanisch in seinen Pyjama und kroch unter die Wolldecke. Von dort aus fragte er in das Dunkel hinein:

»Wie geht es dem Vater? Will er nicht, daß ich ihn besuche?«

»Gar nichts will er«, antwortete die Mutter, und Gábor Kolozs hörte, wie sie sich zur Wand drehte.

Am Dienstag vormittag versäumte Gábor Kolozs entschuldigt den Russisch-, Biologie- und Gesangunterricht. Ludasi schickte ihn in Begleitung des Schulsekretärs zum Großwarenhaus, wo angeblich gerade neue tschechoslowakische Konfektion eingetroffen war.

Sie gingen zu Fuß, und je näher sie dem großen häßlichen Gebäude kamen, um so mehr häufte sich die Angst in Gábor Kolozs' Magen. Er war bereits seit einem halben Jahr nicht mehr in diesem Haus gewesen. Damals hatte er dem Vater eine Arznei gebracht, die dieser zu Hause vergessen hatte. Jetzt fürchtete er, daß ehemalige Kollegen – und sei es auch nur aus Höflichkeit – Fragen nach dem Gesundheitszustand des Vaters stellen könnten, und er wußte, daß es ihm nicht leicht fallen würde, die gewünschten Auskünfte zu geben. Tatsächlich wurde er von einigen begrüßt, und die Verkäuferin in der Konfektion fragte sogar: »Wie geht es deinem Papa?« – »Wie immer«, brachte Gábor Kolozs mühsam heraus. Zum Glück übernahm nun der Schulsekretär die Initiative. Er zeigte auf den Bon des Jugendamtes, als handle es sich dabei um eine diplomatische Urkunde, und sagte zu der Verkäuferin: »Bitte suchen Sie für diesen Jungen einen passenden Anzug heraus, nach Möglichkeit aus der neuen tschechoslowakischen Lieferung.« – »Sofort«, sagte die Verkäuferin und verschwand in einem Lagerraum.

Die Aufgabe war nicht leicht: Von den Männergrößen schien selbst die kleinste noch zu groß für Gábor Kolozs, und die Stücke aus der Abteilung für Kinderkonfektion konnte er nicht mehr anziehen. Er mußte in der Umkleidekabine mindestens sechsmal die Kleider wechseln, bis endlich der dunkelblaue Anzug gefunden war, bei dem nur die Hose um ein paar Zentimeter gekürzt werden mußte.

Der Schulsekretär trippelte ungeduldig von einem Bein auf das andere, während die Verkäuferin mit Kreide die Stelle bezeichnete, an der künftig der Saum enden sollte. In der Änderungsschneiderei des Warenhauses wurde nun die Hose neu gesäumt, und Gábor Kolozs und der Schulsekretär erstanden in der Zwischenzeit ein schneeweißes Oberhemd aus der Abteilung Weißwäsche. Dies geschah aufgrund einer ausdrücklichen Instruktion Ludasis.

Während der großen Pause kehrten sie in das Gymnasium zurück. In der Klasse II a sollte jetzt ungarische Literatur unterrichtet werden. Alle waren im Raum, als die Tür geöffnet wurde und der Ordnungsdienst »Achtung!« rief.

Statt der Lehrerin Podiski betrat jedoch Rezsö Paulik das Zimmer, und hinter ihm folgte mit kollegialem Gestus der Direktor Ludasi. Er ging zum Katheder, blieb vor der ersten Bankreihe stehen und sagte mit erhobener Stimme:

»Liebe Schüler! Wir haben schon seit längerer Zeit geplant, den Herrn Lehrer Paulik mit dem Unterrichtsfach zu beauftragen, dessen eingeweihter Kenner er ist – ich meine die Literatur unserer Heimat. Dieser Schritt erfolgt nun früher als vermutet. Die Frau Lehrerin Podiski nämlich, die wir alle mögen und respektieren, beginnt heute auf Anraten der Ärzte ihren Schwangerschaftsurlaub.« Aus einigen Bänken ertönte ein leises verklemmtes Kichern, das den Klassenlehrer Feith sicherlich veranlaßt hätte, zu ernsthaften disziplinarischen Maßnahmen zu greifen. Ludasi aber sagte nur: »Aus manchen unreifen

Reaktionen schließe ich, daß die Klasse offensichtlich keine Ahnung vom Wunder der Geburt hat. Wir besprechen dieses Thema in der nächsten Weltanschauungsstunde. Jetzt aber übergebe ich das Zepter meinem lieben Kollegen Paulik. Ihr werdet in seinem Unterricht sicherlich keinen Grund zur Klage haben. Und ich hoffe, daß auch er kein Problem mit euch haben wird.«

Er verließ den Klassenraum mit elastischen Schritten. Dr. Paulik begann mit einiger Aufregung in der Stimme zu sprechen, ein besonderes Funkeln in den Augen. Für eine halbe Sekunde suchte er den Blickkontakt zu Gábor Kolozs in der vorletzten Bank.

»Also, liebe Kinder, wir fahren fort, wo Frau Podiski aufgehört hat, nämlich bei der Liebeslyrik von Sándor Petőfi.«

14

In der Nacht vor dem 1. Mai hatte Gábor Kolozs einen seltsamen Traum. Er mochte sechs oder sieben Jahre alt sein und ging zwischen Mutter und Vater die Dob-Straße entlang. Sie kamen aus der Konditorei ›Album des Lächelns‹, und alle drei leckten Eis. Seines war das größte, es hatte drei Kugeln: Vanille, Schokolade und Rumtraube mit Nuß. Es war ein Sonntagnachmittag im Frühling, der Vater trug seinen dunklen Anzug und zog höflich den Hut, wenn Bekannte ihnen entgegenkamen. Die Entgegenkommenden waren meist alte bärtige Juden, wie sie in der Synagoge am Bethlen-Platz zu verkehren pflegten. Einer von ihnen blieb stehen, um mit dem Vater ein paar Worte zu wechseln. Er klopfte Gábor Kolozs freundlich auf die Schulter, aber sogleich verwandelte sich sein Lächeln in das dümmliche Grinsen des Turnlehrers Endre Kulics.

Im nächsten Augenblick rang Gábor Kolozs mit ihm auf den Matten des Turnsaals in Anwesenheit des ganzen Gymnasiums. Vor der Sprossenwand hatte man eine Tribüne aufgestellt, und dort saßen István Ludasi und Dr. Rezsö Paulik zwischen den Vertretern des Bezirksrats. Gábor Kolozs konnte sie jedoch kaum sehen, weil er vollkommen damit beschäftigt war, mit seiner gesamten Körperkraft den mit einem Athletentrikot bekleideten Turnlehrer von sich wegzuhalten, während dieser ihn mit seinem gewaltigen Leib unter sich zwang. Schließlich hatte Gábor Kolozs keine andere Möglichkeit mehr, als sich seinem Schicksal zu ergeben. Er sah über sich die dicken Knie und muskulösen Schenkel von Kulics und wartete darauf, daß sich der Koloß mit seinem ganzen Gewicht auf seine Schultern legte. In diesem Moment wurde er wach.

Er schaute auf seine Uhr. Die ›Pobjeda‹ zeigte Viertel nach neun, und die Mutter war bereits gegangen – wahrscheinlich würde sie bei ihrer Handwerksgenossenschaft mitmarschieren. Sch'ma Jissroel, schrak er auf, um zehn muß ich vor der Schule sein! Während er sich wusch, kam er auf eine Idee. Heute nachmittag, komme was wolle, würde er den Vater im Péterfi-Krankenhaus besuchen und ihn um Verzeihung bitten wegen der Grobheit gegenüber der Mutter. Ich müßte ihm ein Geschenk mitbringen, fiel ihm ein, aber er hatte keinen müden Fillér bei sich. Den letzten Forint hatte er gestern nacht dem Hauswart für das Öffnen der Haustür gegeben.

Er stand bereits vor der Wohnungstür, als er sich noch einmal umwandte. Fast unbewußt nahm er den schwarzen Anzug des Vaters aus dem Kleiderschrank, den die Mutter am Samstag aus dem Krankenhaus wieder mit zurückgebracht hatte. Er mußte nicht lange suchen, weil er wußte, daß der Vater seine Brieftasche im seidenen Innenfutter trug. In einem Fach der Brieftasche raschelten alte Fotos und Briefe aus der Vorkriegszeit, in einem anderen fand er einen Zehner, einen Zwanziger und einen Fünfziger. Zuerst nahm er den Zwanziger heraus, steckte ihn dann aber vorsichtig wieder zurück und nahm statt dessen den flaschengrünen Zehner. Ich werde ihn zurückgeben, sagte er zu sich und schaute auf das Petőfi-Bild, mit dem der Geldschein bedruckt war, als wolle er den ersten Diebstahl seines Lebens vor dem Dichter rechtfertigen.

15

Die KISZ-Mitglieder des gesamten Bezirks versammelten sich vor dem Gymnasium ›Benedek Virág‹. Von dort gingen sie zur Ajtósi-Dürer-Straße, und erst um zehn Uhr stellten sie sich in einer Marschkolonne auf.

Alle waren von Gábor Kolozs' nagelneuem blauem Anzug und dem schneeweißen Hemd angetan – er paßte gut zu der roten Fahne, die er heute tragen sollte. Er selbst fühlte sich nach den Erschütterungen der letzten Tage im sanften Sonnenschein dieses strahlenden Tages zum ersten Mal richtig wohl. Man sah an seinen funkelnden Augen und roten Wangen, daß er ganz in der Stimmung des Feiertags aufging. Er bedauerte nur, daß die Demonstranten der Bezirksorganisation zu weit abseits auf die linke Hälfte des Riesenplatzes geraten waren und deshalb nur wenig von der Ehrentribüne mit den Staats- und Parteiführern mitbekommen würden.

Aus dem Lautsprecher erklang ein Lied mit hartem Marschrhythmus:

Maitage sind verronnen viele,
Wind hat zerstreut unsern Sang.
Laßt uns feiern das Fest der Klasse,
beschwingt soll heut' sein unser Gang.

Laßt uns feiern den Ersten Mai,
laßt die Welt erblüh'n im Glück!
Sonne der Zukunft, leuchte,
für uns führt kein Weg zurück!

Gábor Kolozs marschierte in der ersten Reihe des Gymnasiums und versuchte, den Führern auf der Tribüne mit seiner roten Seidenfahne zuzuwinken. Zwei Reihen hinter ihm ging István Ludasi, und als er sich einmal umschaute, trafen sich ihre Blicke. Dem Jungen schien, als wären die Augen des Direktors vor Rührung feucht.

»Es lebe die ewige und unzertrennliche Freundschaft des ungarischen und chinesischen Volkes! Es lebe der Genosse Mao Tse-tung, der hervorragende Führer des großen chinesischen Volkes!« tönte es aus dem Lautsprecher. Ein gewaltiges Hurra war die Antwort. Dann folgte wieder ein Lied:

Und weil der Prolet ein Prolet ist,
drum kann ihn auch kein anderer befrei'n,
es kann die Befreiung der Arbeiter nur
das Werk der Arbeiter sein.
Drum links zwei drei,
drum links zwei drei,
wo dein Platz, Genosse, ist.
reih dich ein in die Arbeitereinheitsfront,
weil du auch ein Arbeiter bist.

Dieses Lied wurde von einer kurzen Mitteilung unterbrochen: »Wir grüßen die Werktätigen der Goldberger-Textilfabrik, die soeben an der Ehrentribüne vorbeimarschieren. Die Goldberger-Textilfabrik hat nicht nur ihr Jahressoll übererfüllt, sondern geht auch der Bewegung der sozialistischen Brigaden voran!« Die gewaltige Ovation ging in das Kampflied der Arbeitermilizen über:

Wenn uns dann die Stunde schlägt, Genosse mein,
Fahr'n wir mit dem Sputnik in den Himmel rein.
Schießgeräte haben alle Engel nicht,
darum sind wir falsch dort, Arbeitergesicht.
Eine Sorge plagt den Milizmann:
Er wünscht sich drei Leben dann und wann.
Eins zu schenken der Partei und
eins für Weibes Tändelei und
eins gehört nur dem Gewehr!

Gábor Kolozs fiel auf, daß er noch nie so viele Menschen auf einmal gesehen hatte. Vor ein paar Monaten noch hätte er sich niemals vorstellen können, daß er selbst einmal Teil einer solch großen Masse werden würde. Und an diesem Tag fanden ganz ähnliche Kundgebungen in Hunderten von Städten auf allen fünf Kontinenten statt. In jeder Marschkolonne gab es womöglich einen wie ihn selbst, so einen fünfzehnjährigen Gábor Kolozs. Und all diese Gábor-Kolozs-Jungen hatten wahrscheinlich ihre Probleme – in der Schule oder auch zu Hause. Der Vater lag vielleicht gerade im Krankenhaus, die Mutter war möglicherweise ein nervliches Wrack oder auf andere Weise schwer auszuhalten, und vielleicht hatten all diese Jungen auch keine Ahnung von der Liebe, genau wie er selbst. Sie alle aber waren in der Masse gut aufgehoben. Die Masse ist ein starker Zauber, sie macht den Schwachen stark, den Häßlichen schön, den Dummen klug und den Feigen mutig. Dieser Gedanke löste bei Gábor Kolozs ein leichtes Schwindelgefühl aus.

Sie waren bereits an der Ecke Délibábstraße vorbei, als der Lautsprecher das Lied *Avanti Popolo* für eine Ansage unterbrach:

»Wir grüßen die Mitglieder der KISZ-Organisation des Gymnasiums ›Benedek Virág‹!«

»Habt ihr gehört? Das sind wir! Wir sind das!« Gábor Kolozs sah um sich freudetrunkene Gesichter, hörte den Triumphschrei seiner Schulkameraden und wollte soeben mit ihnen schreien, als er eine gewaltige Stille hörte, als hätte bei einem Film plötzlich der Ton ausgesetzt. Der große weite Platz war von einer bedrohlichen Stummheit überdeckt, und alle Bewegungen waren sehr langsam. Auf dem gegenüberliegenden Bürgersteig, an der Ecke Népköztársaságstraße, einige Schritte vom Gebäude der jugoslawischen Botschaft entfernt, sah er plötzlich Ihn.

Er sah aus wie der Vater, nur schöner, größer, mit breiten Schultern. In seinen gütigen schwarzen Augen lag eine gewisse Traurigkeit, aber kein Hauch von Depression. Er sprach ihn an mit erhobener rechter Hand:

Gábor! sagte er. Er hatte eine weiche, sehr männliche Stimme. Sei mir nicht böse, aber damals, Ende Februar, als du mich gerufen hast, hatte ich keine Zeit. Ich war sehr beschäftigt. Aber jetzt bin ich hier. Komm her auf den Bürgersteig, ich erkläre dir alles, ich beantworte jede deiner Fragen. Komm zu mir! Komm!

Und Gábor Kolozs wäre auch gegangen, aber die Masse ließ ihn nicht weg. Die Masse zog weiter und nahm ihn mit sich. Dann hörte er wieder Begrüßungen, Losungen, Märsche: »Es lebe das ruhmreiche kubanische Volk, das seine Freiheit verteidigt mit seinem heldenhaften Führer Fidel Castro an der Spitze!« Gábor Kolozs wollte wieder mit den anderen jubeln. Sobald er jedoch den Mund öffnete, wurde es auf dem riesengroßen Platz vollkommen still. Und die weiche männliche Stimme rief: Komm zu mir! Komm!

Gábor Kolozs ließ sich fallen, kroch zwischen den Füßen der Demonstranten herum und erreichte kriechend und erschöpft den Bürgersteig. Dort lag er flach auf dem Rücken, schaute hinauf und sah über sich ein gütiges trauriges Augenpaar, eine winkende Hand. Diese wollte er erreichen, an diese wollte er sich klammern.

»Nervenzusammenbruch«, sagte der Arzt, während er seine Hand am Puls von Gábor Kolozs hatte. »In einigen Wochen wirst du dich erholt haben. Wie geht es übrigens in der Schule?«

»Er ist ein hervorragender Schüler«, sagte statt Gábor Kolozs der Direktor Ludasi, während er die andere Hand des Jungen hielt. »Eine fatale Angelegenheit, Herr Doktor. Soeben haben wir ihn im KISZ aufgenommen, und dies war seine erste Maikundgebung. Wie sehr hat er auf diesen Tag gewartet!«

Gábor Kolozs war froh, daß statt seiner Ludasi mit dem diensthabenden Arzt sprach. So konnte er wenigstens schweigen, seine Augen wieder schließen und sich sogar für einige Sekunden einbilden, daß alles beim alten geblieben ist: Er vergißt all die eingepaukten Texte und fällt überall durch, er fällt in allen zwölf Unterrichtsfächern durch und geht als schlechtester Schüler der Welt mit Gott spazieren, Hand in Hand mit Gott an der jugoslawischen Botschaft vorbei, mit Gott, mit seinem traurigen dünnen Mauthausener Vater.

Wien 1995, Berlin 1998